O rei de Ramos

Sobre o autor

Alfredo de Freitas Dias Gomes, mais conhecido como Dias Gomes, foi romancista, contista e teatrólogo. Nasceu em Salvador, em 19 de outubro de 1922. Escreveu seu primeiro conto, "As Aventuras de Rompe-Rasga", aos 10 anos, e, aos 15, sua primeira peça, *A Comédia dos Moralistas*, vencedora do concurso promovido pelo Serviço Nacional de Teatro e pela União Nacional dos Estudantes (UNE). Várias de suas obras foram censuradas durante a ditadura por apresentarem forte conteúdo político. Entre as mais conhecidas, estão *O Bem-Amado*, *O Pagador de Promessas* e *O Berço do Herói* (adaptada para a televisão como *Roque Santeiro*). Escrita em 1960, *A Invasão* estreou em 25 de outubro de 1962 no Teatro do Rio, com direção de Ivan de Albuquerque, e foi encenada dois anos depois em Montevidéu, pelo grupo El Galpón, com direção de José Renato. A peça foi laureada com o Prêmio Cláudio de Souza, da ABL, e com o Prêmio Padre Ventura, do CICT. Em janeiro de 1969, foi proibida pela censura, em uma interdição que durou até 1978. Dias Gomes foi eleito para a Cadeira 21 da Academia Brasileira de Letras em 1991. Faleceu em 1999, em São Paulo, aos 76 anos.

Dias Gomes

O rei de Ramos

Comédia musical

Músicas de
Chico Buarque e Francis Hime

Letras de
Chico Buarque e Dias Gomes

3ª edição

Rio de Janeiro | 2022

CIP-BRASIL. CATALOGAÇÃO NA PUBLICAÇÃO
SINDICATO NACIONAL DOS EDITORES DE LIVROS, RJ

G613r   Gomes, Dias, 1922-1999
           O rei de Ramos / Dias Gomes ; músicas de Chico Buarque e Francis Hime. - 3. ed. - Rio de Janeiro : Bertrand Brasil, 2022.

           ISBN 978-65-5838-091-7

           1. Teatro brasileiro. I. Buarque, Chico, 1944-. II. Hime Francis, 1939-. III. Título.

22-76672   CDD: 869.2
                          CDU: 82-2(81)

Meri Gleice Rodrigues de Souza - Bibliotecária - CRB-7/6439

Copyright © Dias Gomes, 1979

Texto revisado segundo o novo Acordo Ortográfico da Língua Portuguesa.

Todos os direitos reservados.
Não é permitida a reprodução total ou parcial desta obra, por quaisquer meios, sem a prévia autorização por escrito da Editora.

Direitos exclusivos de publicação em língua
portuguesa somente para o Brasil adquiridos pela:
EDITORA BERTRAND BRASIL LTDA.
Rua Argentina, 171 — 3º andar — São Cristóvão
20921-380 — Rio de Janeiro — RJ
Tel.: (21) 2585-2000,
que se reserva a propriedade literária desta tradução.

Seja um leitor preferencial. Cadastre-se no site www.record.com.br e receba informações sobre nossos lançamentos e nossas promoções.

Atendimento e venda direta ao leitor:
sac@record.com.br

Sumário

Prefácio	7
O rei de Ramos	11
Personagens	15
Primeiro quadro	17
Segundo quadro	21
Terceiro quadro	27
Quarto quadro	33
Quinto quadro	43
Sexto quadro	55
Sétimo quadro	59
Oitavo quadro	67
Nono quadro	93
Décimo quadro	103
Décimo primeiro quadro	115

DÉCIMO SEGUNDO QUADRO   117

DÉCIMO TERCEIRO QUADRO   127

DÉCIMO QUARTO QUADRO   131

DÉCIMO QUINTO QUADRO   139

DÉCIMO SEXTO QUADRO   141

DÉCIMO SÉTIMO QUADRO   149

DÉCIMO OITAVO QUADRO   153

Prefácio

O rei de Ramos é uma peça "nova" na dramaturgia de Dias Gomes. Não pelo fato de ser sua primeira experiência num novo gênero — a comédia musical — mas principalmente pela ótica com que vê suas personagens. Nesse sentido, é uma mudança radical.

Até agora, suas personagens se moviam em espaços sociais conflitantes, e a resolução de seus problemas era feita através de um confronto direto. Em *O pagador de promessas, A revolução dos beatos* e *O santo inquérito*, por exemplo, os protagonistas são pessoas honestas e ingênuas em luta com uma organização conservadora e impermeável à novidade. Em *O rei de Ramos*, ninguém presta. Talvez um dos elementos de maior eficácia da peça resida nessa pintura implacável, embora bem-humorada, dos valores morais que informam nossa sociedade atual. Valores que se modificam com maior rapidez do que a cotação nas ações da Bolsa. É uma peça sobre contraventores. E como todos os contraventores do mundo em que vivemos, simpáticos e bem-sucedidos. Quando, no final, resolvem ser contraventores internacionais, essa decisão é saudada com alegria, porque a esperteza é uma das qualidades mais apreciadas no universo em que se movem as personagens. O sofisticado capitalismo de uma multinacional, com seus cartéis, trustes e *dumpings*, é o *nec-plus ultra* da malandragem.

A peça é popular. É extremamente brasileira. Mais ainda: é particularmente carioca.

Sua receptividade advém de quatro fatores que salpicaram a tradição abandonada da burleta e da revista da Praça Tiradentes, aliada à sempre perfeita visão da nossa comédia de costumes: uma temática popular (o jogo do bicho é uma paixão nacional), personagens facilmente reconhecíveis (as personagens que povoam a peça são encontradas em qualquer esquina do Rio de Janeiro), humor simples e direto e sátira política. Tão simples quanto isso, é aí que se encontra a razão do enorme sucesso desta peça.

Ela aparentemente se move em três níveis principais: a disputa pelos pontos de jogo mais rendosos da cidade, entre os dois protagonistas, Mirandão e Brilhantina; a maneira pela qual se unem para enfrentar um inimigo maior, a zooteca ou a estatização desse jogo ("uma intervenção do Estado na iniciativa privada") e o caso de amor entre os jovens filhos de ambos. Há subenredos dentro desses três níveis, como o amor de Pedroca por Taís, a rivalidade pessoal (e não apenas no mundo dos "negócios") entre os protagonistas, e o crescimento da personagem de Marco, ao propor a solução dos problemas que todos enfrentam.

Mas, na verdade, todos os movimentos da peça são orientados por uma única chave: o capitalismo em seus vários níveis, o poder determinante do dinheiro (um tema que está presente em rigorosamente todas as cenas da peça), e a "ética" peculiar que esse sistema econômico impinge. Ambos os protagonistas são homens do povo, incultos e ignorantes. Tiveram sucesso à custa do próprio esforço; já disputaram restos de comida com urubus em depósitos de lixo, já engoliram gilete em praça pública, foram jornaleiros, engraxates. Na sua subida para o alto da montanha capitalista, não hesitaram em matar ou mandar matar. São especialistas em corrupção, suborno, todo e qualquer tipo de desonestidade. Mesmo assim ficam extremamente surpresos em conhecer os meandros de uma multinacional, numa cena da peça que *é* pouco menos que um prodígio de comunicação — quando o filho de Brilhantina explica a Mirandão como "funciona" o sistema. Percebem logo que eram simples amadores.

Milionários, desejam status: Brilhantina se orgulha do filho "tecnocrata", Mirandão quer casar a filha com "um príncipe italiano". Querem tudo aquilo que o dinheiro pode comprar, mas querem também o que o dinheiro não pode comprar: respeitabilidade, por exemplo.

É também o dinheiro que está presente no terceiro nível da peça, o caso de amor entre Marco e Taís. O rapaz, formado em Economia na Sorbonne, vislumbra a solução de seu problema na solução do problema dos pais. Une as famílias, e tudo acaba em boa paz. Uma leitura apressada poderá ver na união dos dois alguma coisa semelhante a Romeu e Julieta. Uma leitura bem apresentada: na tragédia shakespeareana, Capuleto e Montecchio nem se lembram mais por que brigam; neste tema carioca, a paz foi quebrada, depois de vinte anos, por uma provocação de uma das partes. Shakespeare escrevia sobre as paixões humanas, e considerava suas personagens manipuladas pelo destino. Romeu e Julieta são os protagonistas de sua história, e aqui não; aquilo que em Shakespeare termina em tragédia, aqui termina em marcha carnavalesca.

Tive uma ótica privilegiada para ver *O rei de Ramos*. A peça foi escrita por uma encomenda minha, na busca de retomar a tradição interrompida do musical brasileiro. E na busca permanente daquilo que tem sido a maior preocupação da geração à qual pertenço, e a uma visão de mundo semelhante, como a que informa Dias Gomes, Guarnieri, Plínio Marcos, Ferreira Gullar e preocupou Vianinha e Paulo Pontes: o estabelecimento de uma dramaturgia popular, e um estilo nacional de interpretação.

Nas inúmeras reuniões que tivemos, elaborando a forma final da peça, os nomes mais citados talvez tenham sido os de Arthur Azevedo e os dos autores das comédias de costumes anteriores à nossa época. Quisemos também prestar uma homenagem às antigas revistas da Praça Tiradentes, que levavam ao palco os personagens do dia a dia da cidade. Aproveitamos toda e qualquer brecha da "abertura" política anunciada (escrevo no dia 26 de março de 1979) para colocar no palco a opinião do povo sobre aquilo que se está passando.

O leitor deste livro não poderá aquilatar a imensa importância da música de Francis Hime para a consecução geral da peça; mas poderá ver o quanto é importante a participação de Chico Buarque na feitura das letras. *O rei de Ramos,* diferentemente de um musical americano, que na sua maioria parte da proposta musical para depois se preocupar com a temática e as personagens, propôs-se a ter todos os elementos constitutivos de sua ação girando em torno de seu tema principal. Talvez apenas três entre todas as canções possam ser ouvidas pelo seu valor intrínseco, isoladas do contexto em que a peça se move. Sendo Chico Buarque o extraordinário poeta que é, seu trabalho foi utilizado em *O rei de Ramos* inclusive na função de aclarar e reforçar passagens do texto, além de levar a ação dramática adiante e até mesmo definir personagens, como é, por exemplo, o caso da canção do Dr. Vidigal.

O rei de Ramos pode ser considerada uma revista musical sobre os vários níveis do capitalismo; uma leitura atenta revelará, para além dos sorrisos e do bom humor, a maneira dissolvente pela qual age esse sistema, através de uma visão corrosiva e cáustica. Em termos estéticos, é a tentativa de uma peça e de espetáculo genuinamente nacionais, com cheiro de Brasil e se fixando em tradições artísticas, técnicas e profissionais que foram descobertas e trabalhadas por nós mesmos.

Esperamos que o público das livrarias nos dê razão — assim como razão vem nos dando o público que tem ido ao teatro.

FLÁVIO RANGEL

O rei de Ramos

Lembro-me de que Vianna Filho, ainda na década de sessenta, tentou convencer-me da necessidade de pesquisar as tradições do nosso teatro musical (a burleta, a revista), a fim de salvá-lo da extinção e dele arrancar raízes populares para a nossa dramaturgia. Confesso que na época, voltado para outros projetos, a proposta não me entusiasmou. Mas o Vianna achava que havia aí um grande manancial e que a nossa geração tinha um compromisso histórico de não deixar morrer o que de mais próximo ao povo havia em nosso teatro urbano. Anos depois, algumas conversas com Paulo Pontes me levaram novamente a refletir sobre o assunto. Paulinho, que sempre foi apologista de um teatro de grande comunicação, chegou a me propor transformar *O pagador de promessas* num musical. Escrúpulos elitistas me fizeram recusar. Em 1975, Flávio Rangel — então dirigindo o Teatro da Manchete, me pediu para escrever uma comédia musical. Novamente estava colocado diante de mim o desafio e desta vez eu resolvi aceitá-lo. Foi assim que comecei a escrever *O rei de Ramos*. Era a minha primeira experiência no gênero e a ela eu me entreguei com entusiasmo. Infelizmente, quando já tinha mais da metade da peça pronta, Flávio deixou a direção do Teatro Adolfo Bloch e o projeto foi cancelado. Durante dois anos a peça dormiu no fundo de minha gaveta. Até que, em meados de 77, eu a li para um grupo de jornalistas e homens de teatro, no Teatro Casa Grande. A boa acolhida que o texto teve por parte da reduzida plateia me animou a terminá-lo. Um dos presentes era Chico Buarque, que aceitou escrever a música. Outro era o próprio Flávio Rangel. No dia 7 de julho de 77 estava terminada a primeira versão da peça e se iniciava uma longa batalha para encená--la. Se, no Brasil, a encenação de qualquer peça é uma batalha, em se tratando de uma comédia musical do porte de *O rei de Ramos* o projeto assume conotações visionárias, por incrível que isso seja. E eu quero registrar que, nessa primeira fase, foi fundamental o entusiasmo de um homem chamado Jorge Ayer, que se dispunha até a perder dinheiro para realizar o projeto. Por motivos de saúde, Jorge teve que passar o bastão a Sérgio Brito, que assumiu a responsabilidade da produção.

Nesses quase dois anos de luta para levar à cena *O rei de Ramos,* por várias vezes estivemos à beira de desistir do projeto, ora pelo seu alto custo e sua falta de viabilidade comercial, ora pela inexistência de um teatro apropriado (o João Caetano estava em obras e apenas mais uma ou duas casas poderiam receber adequadamente o espetáculo). Nós achávamos que o espetáculo só devia ser realizado no teatro certo, com o elenco certo, no momento certo. A conjugação de todos esses fatores não era fácil. Mas, por fim, foi conseguida.

Durante todo esse tempo eu trabalhei na peça. Mais precisamente nos últimos meses, aí já submetendo-a às exigências do espetáculo concebido por Flávio Rangel, que muito influiu em sua forma final. *O rei de Ramos* é, sobretudo, um trabalho de equipe, que se completa harmonicamente com a colaboração de Chico Buarque e Francis Hime. Ficaria muito feliz se o resultado final fosse, sob certo aspecto, uma volta às tradições do nosso teatro musical, que teve na própria Praça Tiradentes o seu reduto. Claro, *O rei de Ramos* não é uma revista. É uma peça onde a música desempenha um papel dramático, contribuindo para esclarecer e fazer andar a narrativa. Mas foi minha intenção, ao pesquisar e manipular aquelas raízes populares, como queria Vianna Filho, usar, de uma maneira apropriada ao nosso tempo, a dinâmica e a forma de comunicação direta que fizeram da revista, por várias décadas, o nosso teatro popular.

Até alguns anos atrás, eu tinha uma atitude, senão preconceituosa, pelo menos de firmada desconfiança em relação à comédia musical. Acho que não só eu, de um modo geral todos os autores chamados "sérios", e, notadamente, os críticos alimentam, confessada ou inconfessadamente, preconceitos estéticos contra o gênero. De minha parte, eu achava que a música sempre concorria para amenizar e diluir o conteúdo de um texto político. É bem verdade que já fiz uso da música em algumas peças (a capoeira em *O pagador de promessas*, o samba composto por Vinícius e Tom para *A invasão*, a ilustração folclórica de *A revolução dos beatos*, ou o samba-enredo de *Dr. Getúlio*), mas em todas essas peças a música aparecia de uma maneira meramente incidental. Ultimamente, entretanto, uma reflexão maior sobre o assunto me fez mudar um pouco de posição. Afinal, embora não se possa considerar *A Ópera dos 3 Vinténs* ou *O Sr. Puntilha e seu criado Matti*, a rigor, comédias musicais, é preciso reconhecer que a força política desses textos de modo algum foi quebrada pela intromissão da música. E é inegável que Brecht se serviu da música para obter uma comunicação maior, resultado nada desprezível num teatro que se propõe a ser político e popular.

Mas *O rei de Ramos* é um texto político? Talvez não na acepção corrente do termo. Ou o é na medida em que todo teatro é político. Claro, a peça transmite uma visão de mundo, assume uma posição crítica e isso a faz política. Pode ser considerada uma comédia urbana bem carioca. Uns talvez a vejam, linearmente, apenas como uma sátira bem-humorada e até debochada. Outros poderão extrapolar sua crítica, vendo na luta pela conquista de "pontos" entre os banqueiros de bicho a redução da guerra suja pela conquista de mercados na sociedade competitiva. Afinal, em questões de ética, há muito em comum…

PERSONAGENS:

Mirandão Coração-de-Mãe
Nico Brilhantina
Pedroca
Taís
Marco
Manga Larga
Marivalda
Cida
Dr. Vidigal
Delegado Paixão
Ronaldo
Boca-de-Alpercata
Salvador
Anacleto
Deixa-que-eu-chuto

AÇÃO: Rio de Janeiro
ÉPOCA: Atual

PRIMEIRO QUADRO

DA MORTE DE MIRANDÃO CORAÇÃO-DE-MÃE E SEU INCRÍVEL FUNERAL

Cena inteiramente às escuras.

UMA VOZ

(Distante.) Mataram Mirandão!

Luz sobre o corpo de Mirandão morto, estendido, no centro do palco. Apaga-se a luz.

OUTRA VOZ

(Mais perto.) Mirandão morreu!

Luz sobre personagem de pé diante do corpo de Mirandão. Apaga-se a luz.

TERCEIRA VOZ

(Bem próxima.) Mataram nosso pai!

Luz sobre um grupo de pessoas em volta do corpo. Apaga-se a luz.

QUARTA VOZ

Morreu nosso rei!

Palco totalmente iluminado, todas as personagens em cena.

PEDROCA *(Canta:)*

Ele disse pra Escola caprichar
No desfile da noite de domingo
Com gingo, com fé
Pediu muita cadeira a requebrar
Muita boca com dente pra caramba
E samba no pé
De repente o pandeiro atravessou
De repente a cuíca emudeceu
De repente o passista tropeçou
E a cabrocha gritou que o nosso rei morreu.

TODOS

Viva o rei de Ramos
Que nós veneramos
Que nós não cansamos de cantar
Viva o rei dos pobres
Que gastava os cobres
Nas causas mais nobres do lugar
Viva o rei dos prontos
Que bancava os pontos
Que pagava os contos do milhar
Viva o rei de Ramos
Viva o rei, viva o rei,
Viva o rei de Ramos.

Os seus desafetos e rivais
Misericordioso não matava
Mandava matar
E financiava os funerais
As pobres viúvas, consolava
Chegava a chorar
De repente gelou o carnaval
De repente o subúrbio estremeceu
E a manchete sangrenta no jornal
Estampou garrafal que o nosso rei morreu

Viva o rei de Ramos
Que nós veneramos
Que nós não cansamos de cantar
Viva o rei dos crentes
E dos penitentes
E dos delinquentes do lugar
Viva o rei da morte
Da lei do mais forte
Do jogo da sorte
E do azar
Viva o rei de Ramos
Viva o rei, viva o rei
Viva o rei de Ramos.

Os homens carregam o corpo de Mirandão acima dos ombros e saem com ele, ainda cantando o samba, enquanto se ouve a voz de um locutor de TV.

LOCUTOR

Falecido ontem, foi hoje sepultado Arlindo Miranda, o famigerado Mirandão Coração-de-Mãe. Nossa reportagem documentou o enterro, acompanhado por milhares de populares e até mesmo por políticos e autoridades. Figura controvertida, para uns um simples bandido, para outros um protetor dos pobres, Mirandão baixou à sepultura mil e vinte do Cemitério do Caju, milhar que todos anotaram devidamente... Mas quem foi Mirandão? O senhor aí, por favor...

SEGUNDO QUADRO

MORREU DE MÃOS LIMPAS, NUNCA MATOU, SEMPRE MANDOU MATAR

Luz sobre Pedroca, que está de costas e se volta para a plateia. É o braço direito de Mirandão. De físico avantajado, bem mais moço que ele, veste-se de maneira semelhante, embora com certa pretensão à elegância suburbana que Mirandão não tem. Alia a malícia do marginal a um extraordinário senso de fidelidade ao chefe, pelo qual tem uma admiração que beira o fanatismo.

PEDROCA

Quem? Eu? Me chamo Pedroca,
ou Pedro Arcanjo Ferreira,
brasileiro, desquitado,
reservista de terceira,
sou cidadão carioca,
da Estação de Mangueira.

Se quiser saber também
qual a minha ocupação,
sou corretor zoológico,
uma nobre profissão

*infelizmente ainda
sem regulamentação.*

*Antes disso, eu lutei boxe.
Cheguei quase a campeão
da minha categoria.
E foi nessa ocasião,
pra minha felicidade,
que eu conheci Mirandão.*

*Ele me tirou do ringue,
onde eu marcava bobeira,
e me levou pro bicho.
No bicho eu fiz carreira,
com a ajuda de Santa Bárbara,
minha santa padroeira.*

*Comecei humildemente
Como engolidor de lista,
uma função que requer
perfeito golpe de vista,
além de um bom estômago
e um certo pendor de artista.*

*Demonstrando vocação
e trabalhando com amor,
fui promovido a olheiro,
depois a anotador,
chegando rapidamente
ao posto de apurador.*

*Subindo assim por bravura
e também merecimento
de patente em patente*

até chegar no momento
a uma espécie de ministro
chefe do planejamento,

por força das circunstâncias
acumulando também a função
de chefe de estado-maior,
bispo de uma religião —
que Deus perdoe a heresia —
em que o papa é Mirandão.

Agora que ele morreu
e a cidade está em pranto,
uma coisa vou dizer
que pode causar espanto,
a verdade verdadeira:
Mirandão era um santo.

Luz sobre Mirandão, todo de branco, charuto, sentado a uma grande mesa cheia de telefones de todas as cores. Fala a um deles.

MIRANDÃO

De quanto é a aposta? Até cinquenta milhas eu sento em cima. Mais que isso, descarrego. Fala mais alto, o macaco tá ruim. Esse milhar tá cotado, idiota. É o número da sepultura daquele cantor que morreu ontem, a televisão deu, tá todo mundo carregando nele. Só seguro até vinte, entendido? *(Ele tem a simpatia, o carisma e o ar paternal dos ditadores menores. Parece carregar sempre nas costas um grande fardo, imensa responsabilidade, como arcanjo cruel e protetor. Sua obediência quase religiosa à "ética profissional" não é um traço de cinismo ou hipocrisia em seu caráter, mas uma noção particular e exótica de dignidade em que ele acredita sinceramente. Um exemplo de deformação a que pode chegar a manipulação de valores humanos na tentativa de vestir uma realidade* em que todos esses valores são negados. *Por vezes, até parece que ele, como os demais bicheiros, não se dá conta dessa contradição, como se todas as ações indignas pudessem se revestir de dignidade, desde que observado posteriormente um certo código de ética. No fundo, Mirandão é um ferrenho moralista. No momento em que desliga, Pedroca vai a ele.)*

MIRANDÃO

Gente descompetente. Material humano da pior qualidade. Pessoal sem cultura, sem *know-how*. Desse jeito, como é que a gente vai enfrentar a Loteria Esportiva, seu Pedroca? Com essa infraestrutura! *(Nota que Pedroca traz alguma notícia.)* Que é que foi?

PEDROCA

Más notícias, chefe.

MIRANDÃO

Então não me dê. Hoje é dia 13 e parece que saí de casa com o pé comunista.

PEDROCA

O assunto exige providência imediata.

MIRANDÃO

Fala.

PEDROCA

Lembra do Boca-de-Alpercata?

MIRANDÃO

Então não me lembro daquele cadelo? Botei ele pra fora da organização.

PEDROCA

Tá trabalhando pra Nico Brilhantina.

MIRANDÃO

Um cadelo trabalhando pra outro cadelo.

PEDROCA

Não é só. Se segure. Tem uma bomba. O Brilhantina abriu um ponto na nossa zona.

MIRANDÃO

(Levanta-se, transfigurado.) Ele não pode fazer isso!

PEDROCA

Mas fez. E o Boca-de-Alpercata é quem tá recebendo jogo.

MIRANDÃO

Não pode. Tem um trato. Você sabe disso. Nenhum banqueiro pode invadir a zona do outro.

PEDROCA

Tou sabendo.

MIRANDÃO

A zona do Brilhantina é Leme e Copacabana. Isso foi acertado há 20 anos entre os 5 grandes. Eu, Anacleto, Deixa-que-eu-chuto, Salvador e esse cachorro mesmo do Brilhantina. Assinamos um tratado. Isso já faz parte da História do Brasil. Eu fiquei com Ramos e todos os subúrbios da Leopoldina. Aqui, ninguém entra. Aqui eu sou o rei.

PEDROCA

Parece que o Brilhantina tá querendo testar essa realeza. E, se tu não reagir, tá fodido.

MIRANDÃO

(Pensa um instante.) Onde é o ponto?

PEDROCA

Na loja de Pai Joaquim.

MIRANDÃO

Casa de umbanda. Nem a religião eles respeitam. Esse Brilhantina é um herege. Onde vai parar essa humanidade assim, sem fé, seu Pedroca? Isso é o fim do mundo. Aliás, tá na Bíblia: é o Eucalipto!

PEDROCA

Às ordens, chefe!

MIRANDÃO

Vai lá e quebra tudo. Como católico apostólico romano não posso permitir esse heresismo.

PEDROCA

E o Boca-de-Alpercata, que faço com ele?

MIRANDÃO

Tome as providências necessárias, de acordo com a moral e a ética.

TERCEIRO QUADRO

A MORAL E A LEI
ou
UMA QUESTÃO DE ÉTICA

Balé. Na loja de Pai Joaquim, entre imagens de orixás africanos, entre búzios, velas e patuás, o Boca-de-Alpercata instalou seu ponto. Diante dele, alguns jogadores fazem seu jogo. Boca-de-Alpercata escreve as apostas num talão. Os homens de Pedroca entram, cautelosos, um após outro, evoluem em torno do bicheiro carregando enormes imagens de orixás. A música e a coreografia criam um clima: preparação para o assalto.

JOGADOR

Bota tudo na cobra, sonhei com minha mulher.

OUTRO

Quero esse milhar invertido, cercado pelos sete lados.

BOCA-DE-ALPERCATA

Se apressa, gente. O jogo tá fechado, a barra tá pesando, a cana pode bater, tenho de me mandar.

Os homens de Pedroca evoluem pelo cenário e começam a destruir a loja.

BOCA-DE-ALPERCATA

Ei! Que estão fazendo?! Quem são vocês?! Que é isso?!

Todos se voltam para Pedroca, que surge de repente, de revólver em punho.

PEDROCA

Castigo de Deus, Boca-de-Alpercata. Tudo isso é orixá que baixou nos seus cavalos pra acabar com essa desreverência.

Os bailarinos prosseguem na coreografia que traduz a destruição da loja e do ponto. Os jogadores, em pânico, fogem. Pedroca avança para Boca-de-Alpercata, que se encolhe, apavorado.

BOCA-DE-ALPERCATA

Não! Não!... Pelo amor de Deus! Tenho mulher e seis filhos!

PEDROCA

Tinha...

Pedroca liquida Boca-de-Alpercata com um tiro. Ele cai, de costas, na cadeira, de boca aberta.
Mirandão entra.

PEDROCA

Missão cumprida, chefe.

MIRANDÃO

Pobre rapaz. Sabe que me corta o coração? Tão moço ainda... E tinha boas qualidades. Podia ter um brilhante futuro. Era bom anotador. Tinha boa letra, ligeireza na escrita e engolia uma lista como ninguém, quando a cana pintava. Tinha vocação. Só não tinha caráter.

PEDROCA

Pagou por isso.

MIRANDÃO

Era casado.

PEDROCA

Deixa viúva e seis filhos.

MIRANDÃO

Dê os pêsames à viúva em meu nome. Diga que eu garanto uma pensão pro resto da vida. E, quanto aos meninos, pago os estudos até se formar em doutor. Como manda a ética. *(Sai com Pedroca.)*

Os jogadores, que haviam fugido, voltam e se acercam do cadáver.

JOGADORES *(Cantam:)*

Os seus desafetos e rivais
misericordioso não matava
mandava matar
E financiava os funerais
As pobre viúvas consolava
Chegava a chorar

Manga Larga entra. Os jogadores fogem, receosos.

MANGA LARGA

(Faz um sinal para fora.) Pode vir, chefe. Barra limpa.

BRILHANTINA

(Entra, olha em volta. E mais moço que Mirandão e, ao contrário de seu rival, ostenta uma pretensa elegância no trajar. Tem a obsessão do perfume e da limpeza. Vive lavando as mãos, perfumando-se, penteando--se, os cabelos reluzentes de brilhantina; vê o corpo de Boca-de-Alpercata.) Foi gente do Mirandão.

MANGA LARGA

E quem podia ser?

BRILHANTINA

É, Mirandão tá querendo me intimidar. Fez uma demonstração de força. Mas isso é sinal de fraqueza. Mirandão tá velho e não é mais aquele. Chegou a nossa vez de encostar ele na parede.

MANGA LARGA

Acho que ele pensa que com isso você vai fugir da raia.

BRILHANTINA

(Sorri.) Acho que ele se esqueceu de uns tirinhos que a gente andou trocando no passado. Esqueceu também que eu, Nicolino Pagano, filho de crioula com calabrês, sou carne de pescoço. *(Pega o dinheiro na gaveta e as pules sobre a mesinha, entrega a Manga Larga.)* Pega o dinheiro e as pules, é jogo feito pra hoje. *(Tira um frasco de água-de-colônia do bolso e passa nas mãos. Joga também um pouco nos cabelos.)*

MANGA LARGA

Não é pra fazer intriga, mas sabe o que esse porco do Mirandão anda dizendo? Que tu vive se perfumando porque nasceu e se criou no mangue e no alagado da Favela Varginha, cheirando e comendo merda.

BRILHANTINA

Ele anda dizendo isso, é? Pois foi mesmo. Até os quinze anos vivi naquele fedor. E aquela fedentina nunca me saiu do nariz. Quem sabe é essa a razão?... Não, eu acho que não, porque fedor por fedor, o do mundo é bem maior.

MANGA LARGA

Bom, e agora o que é que a gente faz?

BRILHANTINA

Agora, seu Manga Larga, a gente conserta tudo e reabre o ponto.

MANGA LARGA

E se eles voltarem?

BRILHANTINA

(Calmo, sem se alterar.) Aí a gente dá o troco.

MANGA LARGA

Falou.

BRILHANTINA

E manda rezar uma missa por alma da vítima. Como se chamava o rapaz?

MANGA LARGA

Boca-de-Alpercata.

BRILHANTINA

Afinal, coitado, tombou no cumprimento do dever.

(Manga Larga sai. Brilhantina tira um pente do bolso, penteia os cabelos reluzentes.)

BRILHANTINA *(Canta:)*

Há vinte anos
Fizemos nossa partilha
E desde então esse filha
Da mãe ficou com o filé,
Fiquei com os ossos
Ossos e sebos do ofício
Mas respeitei o armistício

Sou homem de boa fé.
Pois é...
Diz um ditado

Da gente da minha terra
Que o bom cabrito não berra
Mas já não posso aturar
Se esse safado
Quer me ganhar no grito
Ainda vai ver um cabrito
Com um berro na mão fuzilar.

QUARTO QUADRO

A FILHA DO REI E SEUS AMIGOS

Luz sobre Pedroca.

PEDROCA

*Mirandão mandava em Ramos
e em toda Leopoldina,
só não mandava na filha,
rebelde desde menina,
ela era o seu desgosto,
sua cruz e sua sina.*

*Eu não sei o que Taís
tinha contra Mirandão,
porque um pai como ele
não se encontra mais não,
é artigo fora de série,
fora de circulação.*

*Ele deu tudo pra ela,
educação de primeira,
curso de língua, balé,*

até colégio de freira.
Por isso é que com ela
eu sempre marquei bobeira.

Iluminação e clima de discoteca. Pares dançam alucinadamente. Entre eles, Taís e Ronaldo.

Quando termina a música, Taís e Ronaldo se deixam cair no chão, abraçados. Estão ambos atordoados. Ele dá alguma coisa pra ela cheirar, ela sorri, desligada de tudo. De repente, cai em si, levanta-se de um salto.

RONALDO

Que foi? Que bicho te mordeu?

TAÍS

É tarde, tenho que ir pra casa.

RONALDO

Sem essa, princesa. É cedo ainda... Tamos numa boa... quer saltar do barco no começo da viagem? Qualé, princesa?

TAÍS

(Ele tenta detê-la, ela reage.) Não, hoje não... O velho já tá grilado, se me vê chegar a essa hora faz um bulu dos diabos. É capaz até de me bater.

RONALDO

O bicheiro, é?

TAÍS

(Ele tocou no ponto sensível.) Que tem ser bicheiro?

RONALDO

Nada. Nem acho que tenha nada ser filha de bicheiro. Ele tá na dele, fica na tua também. Qualé o grilo?

Pedroca entra, procura Taís entre os jovens. Ela vê e reage com estranheza.

TAÍS

Pedroca...

PEDROCA

(Vai a ela.) Taisinha, teu pai mandou te buscar.

RONALDO

Bem, tchau...

TAÍS

Tchau. *(Olha para Pedroca com arrogância.)* Desde quando eu tou precisando de babá?

PEDROCA

(Sorri.) Tá dizendo isso pra me lembrar que já te peguei no colo...

TAÍS

Não vai querer fazer isso agora.

PEDROCA

(Diante dela ele tem um ar idiota, é um brutamontes apaixonado.) Não, hoje você tá crescidinha. Mas quem sabe um dia...?

TAÍS

Um dia o quê, seu Pedroca? *(Olha pra ele com ar de desafio.)*

PEDROCA

A gente também carrega no colo a mulher que escolheu... quando vem da igreja.

Taís ri.

PEDROCA

De que tá rindo? Tou falando sério.

TAÍS

Mas é por isso que é engraçado, porque você está falando sério. É mesmo de morrer de rir. *(Leve tom de ameaça.)* Só não sei se o Mirandão ia achar tanta graça se soubesse que você anda me cantando.

PEDROCA

(Infantilmente preocupado.) Taisinha... não fale nada pra teu pai... Não é por nada... questão de respeito.

TAÍS

Então vá embora, me deixa em paz.

PEDROCA

Você inda vai ficar?

TAÍS

Só mais um minuto. Mas quero sair sozinha, sem guarda-costas.

PEDROCA

A essa hora... é perigoso.

TAÍS

(Volta-lhe as costas.) Me esqueça, Pedroca.

PEDROCA

Teu pai não ia gostar de te ver assim, transando com qualquer um.

TAÍS

Com qualquer um, menos você.

PEDROCA

(Como cão escorraçado.) Tá legal. *(Sai.)*

TAÍS *(Canta:)*

Qualquer amor
Me satisfaz
Qualquer calor
Qualquer rapaz
Qualquer favor
    É só chamar
Pousar a mão
Qualquer lugar
Qualquer verão
    É só chamar
É tudo, é do primeiro
Qualquer hora, qualquer cheiro
Qualquer boca, qualquer peito
Qualquer jeito de prazer
Qualquer prazer é pouco

Qualquer éter, qualquer louco
Que o meu corpo de criança
Não se cansa de querer

Qualquer amor
Eu corro atrás
Qualquer calor
E eu quero mais
Qualquer amor
Qual nada.

Ilumina-se a casa de Mirandão. Taís entra.

MIRANDÃO

Isso é hora de chegar em casa?

TAÍS

É, pai, sem essa... não sou mais criança.

MIRANDÃO

É, sim, é de menor. E enquanto for de menor eu sou responsável por você.

TAÍS

(Como uma acusação.) É... você é o responsável.

MIRANDÃO

(Procura ser mais paternal.) Que é? Algum problema? Se tem, fala. Pra isso também sou seu pai.

TAÍS

Você não ia entender.

MIRANDÃO

Por que não? Porque sou um ignorante, é isso que você quer dizer. Sou sim, mas não me envergonho disso.

TAÍS

Você não se envergonha de nada que faz.

MIRANDÃO

E por que havia de me envergonhar? Sou um homem que me fiz por si, sem adjutório de ninguém. Passei fome, dormi no relento, vendi jornal, engoli gilete em praça pública, engraxei sapato. Você acha que isso é vergonha?

TAÍS

Não.

MIRANDÃO

Hoje, posso comprar todo o subúrbio de Ramos, se quiser, com a Estrada de Ferro Leopoldina e tudo.

TAÍS

Isso sim, eu acho uma vergonha.

CIDA

(Entrando.) Que está acontecendo? Vocês aqui discutindo a esta hora da noite? *(E uma senhora de prendas domésticas, pouco conhecimento toma dos negócios do marido. Para ela, ele é apenas o pai de sua filha. Fiel, submissa, tem dele uma imagem muito benevolente: bom marido, bom pai, bom chefe de família.)*

MIRANDÃO

É a hora que sua filha chega. E ainda me faz desaforo.

CIDA

Taís... seu pai faz tudo por você, passou o dia hoje cuidando da festa do seu aniversário. É até uma ingratidão.

MIRANDÃO

É a paga que a gente recebe dos filhos. A gente passa a vida se sacrificando por eles, lutando pra que eles tenham tudo que a gente não teve e no fim... eles dão uma banana e cospem na nossa cara.

CIDA

(Olha para Taís e balança a cabeça num gesto de reprovação.) Taís!...

TAÍS

Ih, pai, não faz drama!

CIDA

O baile vai ser na quadra da escola.

TAÍS

Um baile de aniversário na quadra da Escola de Samba? Não era melhor ser aqui em casa mesmo?

MIRANDÃO

Não, quero coisa grande. Uma festa que vai ficar nos anais e menstruais da História. Mandei decorar a quadra, encomendei trezentos litros de uísque escocês. E posso garantir que não é falsificado, comprei de um contrabandista honesto, com 20 anos de profissão.

CIDA

Trezentos litros! Isso dá pra embebedar Ramos, Olaria e Bonsucesso!

MIRANDÃO

Não faz mal, mulher, o que sobrar a gente dá de brinde da casa. Mandei botar 3.000 lâmpadas em volta da quadra.

TAÍS

Pra que tanta lâmpada?

MIRANDÃO

Quero tudo às claras. Muita luz. Pra não haver safadeza. Muita comida, muita bebida, mas muita moral. E em sua homenagem vou mandar cantar o samba-enredo deste ano.

QUINTO QUADRO

ONDE ENTRA UM POUCO DE AMOR, POR QUE NÃO?

Quadra da escola de samba em clima de festa. Os passistas se exibem ao ritmo da bateria e cantam o samba-enredo, puxado por Pedroca.

Quem vacila, oi
Quem vacila   (BIS)
Acaba na cama da Domitila.

Foi nos tempos
Nos tempos do Brasil imperial
Tinha uma marquesa
Simplesmente sensacional
Domitila, marquesa dos Santos
De gentil beleza
E de maridos tantos

Duques e barões assinalados
Marechais e magistrados
Travessaram seu destino
Mas foi finalmente o imperador
Que aplacou o seu furor uterino.

Mirandão entra, de braço com Cida.

MIRANDÃO

Cheguei, gente, cheguei!

PEDROCA

Viva o nosso Presidente!

TODOS

Viva!

MIRANDÃO

Então, que tal a festa? Tudo em ordem?

PEDROCA

Na mais perfeita, chefe.

MIRANDÃO

Tou vendo muito penetra. Bota sentido na moral e na compostura. Isto aqui é uma festa familiar e democrática. Sabe que eu sou um homem aberto, mas não vamos abusar dessa abertura. Abusam, cacete neles. Onde tá minha filha?

PEDROCA

Ela tava por aqui...

MIRANDÃO

Quero que ela dance comigo a valsa da aniversariante. Vem, vamos ver onde ela tá... *(Sai com Cida.)*

Ronaldo e Marco entram.

MARCO

Mas isso não é um ensaio da Escola de Samba...

RONALDO

Não, é a festa de aniversário de Taís, uma amiga minha. A gente andou transando, mas eu acho que ela não tá a fim de nada comigo. O pai dela é o presidente da Escola. Por isso resolveu dar a festa na quadra. É um cafonão.

MARCO

Você vai demorar? Não estou gostando do ambiente.

RONALDO

Ei, cara, precisa se enturmar. Tá chegando da Europa... não vai dar uma de supercivilizado. Isso aqui é um rebu suburbano, mas as garotas são da pesada, vai por mim. Espera aqui que eu vou ver se encontro Taís. *(Sai.)*

Marco fica sobrando, vendo os passistas dançarem. Tem 25 anos e seus muitos anos de ausência, na Europa, fazem com que se sinta inteiramente desambientado, embora faça o possível por não demonstrar.

MIRANDAO

(Entra, trazendo Taís pela mão.) Ei, para! Para!

PEDROCA

(Para a bateria:) Bateria! Mirandão tá mandando parar, porra!

A bateria para.

MIRANDÃO

A valsa!

TAÍS

Que é isso, pai! Não dá vexame! Valsa em quadra de Escola de Samba!... Essa não!

MIRANDÃO

Por que não? Eu já combinei com eles. Vamos lá, pessoal da bateria! A valsa da aniversariante!

Com manifesta má vontade, os surdos começam a marcar o compasso da valsa. Mirandão e Taís saem dançando. Ela constrangida, ele glorioso, sorridente. Marco vê Taís e não tira os olhos de cima dela. Ela nota também e dança olhando para ele. Outros pares entram na dança. Até que Mirandão se sente cansado. Para. Cida vem em seu socorro.

CIDA

Que foi?...

MIRANDÃO

Acho que tou mesmo ficando velho. O coração tá rateando...
(Sai com Cida.)

Como que atraídos por um ímã, Marco e Taís vão ao encontro um do outro e continuam a valsa, olhos nos olhos, vidrados. Ronaldo entra e vê Taís e Marco dançando.

PEDROCA

Quem é esse moço?

RONALDO

Ah, é um amigo meu. Chapa legal, pode ficar descansado. Meu vizinho lá em Copacabana. Tava estudando na Europa um troço qualquer... Economia, parece. O pai mandou. Coisa de *nouveau riche*. Aparte essa caretice, é um menino joia.

PEDROCA

Playboy de Copacabana.

A luz vai baixando, com exceção de um foco de luz em Taís e Marco. As demais personagens se imobilizam na penumbra. Somente eles se movimentam, acompanhados pelo foco de luz.

TAÍS

Quem é você?

MARCO

Meu nome é Marco. Cheguei ontem.

TAÍS

Chegou de onde?

MARCO

De Paris. Não é espantoso?

TAÍS

O quê?

MARCO

Anteontem a gente nem se conhecia. E havia entre nós todo o oceano Atlântico. E de repente estamos aqui, um em frente ao outro...

TAÍS

E parece que isso tinha de acontecer. Estava escrito. *(Canta:)*

TAÍS

Consta nos astros
Nos signos
Nos búzios
Eu li num anúncio
Eu vi no espelho
Tá lá no evangelho
Garantem os orixás
Serás o meu amor
Serás a minha paz

MARCO

Consta nos autos
Nas bulas
Nos mapas
Está nas pesquisas
Eu li num tratado
Está confirmado
Já deu até nos jornais
Serás o meu amor
Serás a minha paz

TAÍS   *Mas se a ciência*
          Disser o contrário

MARCO   *Se o calendário*
           Nos contrariar

OS DOIS   *E se o destino insistir*
Em nos separar

OS DOIS   *Danem-se*

TAÍS   *Os astros*

MARCO   *Os autos*

TAÍS   *Os signos*

MARCO   *As bulas*

TAÍS   *Os búzios*

MARCO   *Os mapas*

TAÍS   *Anúncios*

MARCO   *Pesquisas*

TAÍS   *Ciganas*

MARCO   *Tratados*

TAÍS   *Profetas*

        MARCO   *Ciências*

        TAÍS   *Espelhos*

        MARCO   *Conselhos*

        OS DOIS   *Se dane o evangelho*
                        E todos os orixás
                        Serás o meu amor
                        Serás, amor, a minha paz.

As luzes acendem-se novamente, as personagens se movimentam. Terminou a festa, os convidados vão saindo.

                MIRANDÃO

(Entra distribuindo garrafas de uísque.) Toma... Escote legítimo. Custa uma nota... Lembrança do aniversário de minha filha... Pode levar... uísque do bom... três mil pratas a garrafa...

Os convidados saem, Mirandão também. Ficam apenas Taís e Marco que continuam perdidos um no outro, sem tomar conhecimento do que se passa em volta.

                  MARCO

(Cai em si.) Já é tarde... a festa acabou.

                  TAÍS

Também pode estar começando... se você quiser.

Eles se beijam.

TAÍS E MARCO E CORO

Danem-se
Os astros
Os autos
Os signos
As bulas
Os búzios
Os mapas
Anúncios
Pesquisas
Ciganas Tratados
etc.

Mirandão e Cida entram no meio da música e eles não percebem.

MIRANDÃO

Taís! Vamos pra casa!

MARCO

Eu vou indo...

TAÍS

Eu vou com você até o portão.
Saem Taís e Marco.

CIDA

Tenha calma, Miranda.

MIRANDÃO

Eu tou calmo. É que se a gente não dá aviso aos navegantes eles acabam chegando às vias de fato na cara da gente mesmo.

CIDA

Temos que procurar entender essa juventude de hoje. Ser mais tolerantes.

MIRANDÃO

E eu não sou tolerante? Alguém pode dizer que a minha casa não é uma casa de tolerância?

Taís entra.

MIRANDÃO

Taís... quem é esse rapaz?

TAÍS

Não sei.

MIRANDÃO

Como é que não sabe?

CIDA

O nome dele, como se chama.

TAÍS

Marco.

MIRANDÃO

Marco de quê?

TAÍS

Não sei. Que importância tem isso?

MIRANDÃO

Como é que não tem importância? O nome é a marca das pessoas. A família dele de onde é?

TAÍS

Ih, pai, sem essa. Já pensou se ele perguntasse de onde veio a nossa? De onde você veio?

CIDA

Taís! Seu pai tem o direito de saber essas coisas.

TAÍS

Pois eu não sei de onde é a família dele, nem de onde veio nem pra onde vai. Não sei, nem quero saber. Não quero saber se ele tem família. Gosto dele e fim de papo.

MIRANDÃO

Tou fazendo todas essas perguntas porque quero o melhor pra você. Filha minha não é pra qualquer gabiru, nem pra qualquer João-ninguém. Meu sonho... meu sonho mesmo, vou te dizer, é casar você com um príncipe italiano.

TAÍS

Um príncipe?!

MIRANDÃO

Por que não? Compro um, se você quiser.

TAÍS

Ih, pai, sem essa! Que cafonice!

CIDA

Só acho que comprado não fica bem...

PEDROCA

(Entra, afobado.) Mirandão!

MIRANDÃO

Que aconteceu?

PEDROCA

Tenho um assunto sério e reservoso...

Mirandão e Pedroca se afastam.

PEDROCA

Informação de fonte segura, Brilhantina tá pra abrir uma fortaleza em nossa zona.

MIRANDÃO

Uma fortaleza? Onde?

PEDROCA

Isso eu não sei. Só sei que é aqui por perto.

MIRANDÃO

Me descobre onde fica e mando arrebentar. Invado e arrebento!

SEXTO QUADRO

O BURACO DA MARCELINA

Fortaleza de bicho. O cenário é composto de três portas colocadas uma após outra. Brilhantina vai abrindo as portas sucessivamente, seguido por Manga Larga e Marivalda, sua mulher. Uma bonita mulher, mas veste-se com um luxo exagerado e de gosto mais que duvidoso. Coberta de joias, brincos, colares, parece um carro alegórico. Fútil ao extremo, seu Q. I. não é dos mais notáveis.

MARIVALDA

Que é isso, Nico?

BRILHANTINA

Uma fortaleza, meu anjo.

MARIVALDA

Pra que tanta porta?

BRILHANTINA

Pra prevenir uma batida da polícia. São três portas de ferro que os tiras vão ter que arrombar até chegarem onde tá o bicheiro.

MANGA LARGA

Enquanto isso, o cara se manda.

BRILHANTINA

Não é bem bolado?

MARIVALDA

Só não gosto muito da decoração. Também da arquitetura. Falta um toque de bom gosto...

BRILHANTINA

Minha querida, você me deu uma ideia: a próxima fortaleza de bicho que a gente construir, vou chamar o Niemeyer pra fazer o projeto.

MANGA LARGA

(Traz uma garrafa de champanha e copos.) A champanha pra inaugurar.

BRILHANTINA

Nacional?

MANGA LARGA

Não, francesa. Contrabando legítimo. *(Estoura o champanha e enche os copos.)*

BRILHANTINA

Agora é preciso batizar.

MARIVALDA

Por que não bota um nome?

BRILHANTINA

Boa ideia. Manga Larga, como se chamava mesmo a mãe do Mirandão?

MANGA LARGA

Marcelina.

BRILHANTINA

(Pega o telefone e disca.) Vamos prestar uma homenagem àquela boa senhora. E Mirandão precisa saber disso.

Mirandão surge no plano superior, à sua mesa de trabalho, atendendo ao telefone.

MIRANDÃO

Alô?

BRILHANTINA

Alô! Mirandão? Sou eu, Nicolino Pagano. Tou te telefonando pra comunicar que acabo de prestar uma homenagem à falecida senhora sua progenitora, Dona Marcelina. Batizei uma fortaleza que tou abrindo aqui, pertinho de você, com o nome dela. Vai se chamar Buraco da Marcelina.

MIRANDÃO

Eu agradeço...

BRILHANTINA

Não precisa agradecer, é uma homenagem muito justa, que faço de todo coração.

MIRANDÃO

Só sinto não poder retribuir, porque segundo tou informado tu não teve mãe, seu cachorro. Foi achado no lixo. *(Desliga, furioso.)*

Brilhantina solta uma gargalhada. Manga Larga faz um brinde.

MANGA LARGA

Ao Buraco da Marcelina!

Todos riem. Apagam-se as luzes.

SÉTIMO QUADRO

OS TRATADOS SÃO FEITOS
PELOS TRATANTES

Luz sobre Pedroca.

               PEDROCA

Nem tudo estava correndo
como manda o figurino
e uma grande sacanagem
para nosso desatino
estava sendo armada
na moita pelo destino.

Brilhantina abriu outro ponto,
Mirandão mandou quebrar,
Brilhantina revidou,
a coisa não ia parar;
do jeito que o mundo ia,
precisava conversar.

E os dois compreenderam
que era da conveniência

*de ambos levar um papo,
espécie de conferência
entre as partes em conflito,
as duas superpotências.*

Balé. A música cria um clima de expectativa, de suspense policial. Manga Larga e sua gangue entram e revistam o local da conferência, que é uma leiteria. Depois entram Pedroca e seus homens, fazendo o mesmo. Todos estão armados, revólveres à mostra na cintura. Encaram-se, hostis, durante as evoluções. Por fim, entram Mirandão e Brilhantina, um de cada lado. Fazem sinal e todos saem. Há uma mesa no centro da cena.

MIRANDÃO

Pode sentar...

BRILHANTINA

Não, faz favor...

MIRANDÃO

Faço questão...

BRILHANTINA

Você primeiro.

Por fim, sentam-se os dois ao mesmo tempo.

BRILHANTINA

Toma alguma coisa?

MIRANDÃO

Não bebo em serviço.

BRILHANTINA

Então vai permitir que eu tome um copo de leite duplo. Desculpe, mas tenho de dar de mamar a minha úlcera...

Um garçom entra com dois enormes copos de leite, que coloca sobre a mesa.

MIRANDÃO

É só pra ele, que não mamou em criança.

BRILHANTINA

Deixa disso, Mirandão... Eu sei que a falecida Marcelina te largou com um mês de nascido e tua avó que te criou não tinha dinheiro pro feijão, quanto mais pro leite.

MIRANDÃO

Respeita minha mãe! E respeita a mãe dela!

BRILHANTINA

Não tou desrespeitando. Quero que as duas estejam lá em cima, comendo e bebendo com os anjos, tirando a barriga da miséria que passaram aqui na terra. Mas isso é ou não é verdade?

MIRANDÃO

Não gosto de falar nisso. E esse assunto não faz parte da nossa pauta.

BRILHANTINA

Então vamos à pauta.

MIRANDÃO

Vim aqui pra te dizer que esta zona é minha. Ficou decidido e sacramentado assim, há vinte anos.

BRILHANTINA

Sacramentado por quem?

MIRANDÃO

Por mim. Por todo mundo.

BRILHANTINA

(Mantém-se sempre sorridente, tranquilo, tomando seu leite.) Todo mundo sacramentou... naquela hora. Mas a hora mudou, Mirandão. Ou tu não tem relógio?

MIRANDÃO

Meu relógio parou. A hora pra mim é a mesma.

BRILHANTINA

Por isso tu anda assim devagar. Dá corda no relógio, Mirandão. Tua hora passou.

MIRANDÃO

Que é que tu tá querendo dizer com isso?

BRILHANTINA

O mesmo que tu disse ao falecido Pimenta, de quem tomou todos esses pontos.

MIRANDÃO

Escuta, Nicolino, não vamos falar de gente que já entregou a alma ao Criador. O falecido Pimenta tá no céu de mão dada com o falecido Natal, e com certeza Deus deixou os dois abrirem lá todos os pontos que quiseram, porque eram dois santos. Vamos falar de nós, que ainda estamos aqui na terra pecando. Eu nunca me meti na sua jurisdição. Sempre respeitei o nosso acordo de cavalheiros. Porque pra mim palavra é palavra. Honra é honra.

BRILHANTINA

E quem pode, pode, Mirandão. Quem não pode, não pode.

MIRANDÃO

Tu quer dizer que eu não posso?

Os dois se olham cara a cara, tensos, medindo as mútuas disposições. Brilhantina sorri.

BRILHANTINA

Tá nervoso, Mirandão. Me chamou pra conversar, vamos conversar...

MIRANDÃO

(Contém a sua indignação.) Tem duas maneiras da gente se entender. A primeira é tu fechar os pontos que abriu na minha zona, indevidamente.

BRILHANTINA

Negativo.

MIRANDÃO

A segunda é tu me dar uma compensação.

BRILHANTINA

Como é que é isso?

MIRANDÃO

Se tu abre um ponto aqui, eu abro outro no teu setor. Se tu abre dois, eu abro dois.

BRILHANTINA

Negativo também. Quando entro num jogo, é pra ganhar ou perder. Não jogo pra empate.

MIRANDÃO

Então tu não quer mesmo chegar a um entendimento. Tu quer é partir pro pau.

BRILHANTINA

Calma... tá muito nervoso. Toma um copo de leite. É bom, faz bem à saúde, acalma, tranquiliza.

Mirandão procura controlar-se.

BRILHANTINA

Fora de brincadeira... bebe...

Mirandão toma um gole de leite e faz uma careta. Brilhantina, por baixo da mesa, levanta a calça e procura o revólver enfiado na meia.

BRILHANTINA

O leite daqui é bom, não é batizado... Sabe que eu sou conhecedor do assunto. Minha úlcera me obriga. Você que é feliz, Mirandão, não tem úlcera... *(Com uma das mãos bebe um gole de leite e com a outra empunha o revólver.)* Palavra de honra, eu te invejo. Você é um homem de sorte... de muita sorte...

Brilhantina atira, Mirandão leva as mãos à barriga e cai de bruços sobre a mesa, derramando o leite.

MIRANDÃO

Seu filho... da puta!

Brilhantina sai correndo. Pedroca entra, vê Mirandão caído.

PEDROCA

Mirandão! *(Corre atrás de Brilhantina. Atira para fora. Ouvem-se vários tiros. Verdadeira fuzilaria.)*

MIRANDÃO

(Ainda caído sobre a mesa.) Pedroca...

PEDROCA

(Vem a ele.) Acertei nele também!

MIRANDÃO

Dá uma olhada aqui... Tou sentindo uma coisa úmida na barriga. Vê se é sangue ou leite.

PEDROCA

(Olha, não quer assustá-lo.) É... é leite, chefe. Mas um leite meio rosado...

MIRANDÃO

E tu já viu leite rosado, seu merda? Só se for o que tua mãe te deu de mamar. Me leva pro hospital e chama Dr. Vidigal.

Apagam-se as luzes.

OITAVO QUADRO

OS GENERAIS BAIXAM ENFERMARIA, MAS A GUERRA CONTINUA

Com a cena ainda às escuras, ouvem-se as vozes de Pedroca e Manga Larga: "Dr. Vidigal! Chamem Dr. Vidigal!". Também uma sirene de ambulância.

VOZ DE MULHER

(Por alto-falante.) Dr. Vidigal! Chamado com urgência à sala de cirurgia!

Luz. Estamos no saguão do hospital. Enfermeiros e enfermeiras cruzam o palco de um lado para o outro. Dr. Vidigal entra.

VIDIGAL *(Canta:)*

*Sou um doutor competente
formado no Piauí
não vejo a cor do cliente
se é deputado ou gari*

*Me procurou, tou aqui,
pronto com meu bisturi.*

Se sangue fosse petróleo
me chamariam de Ali
e eu tava c'o monopólio
do Oiapoque ao Chuí

Me procurou tou aqui   (BIS)
pronto com meu bisturi.

Sutil artista da faca
me chamam de Pitangui
e se a polícia me achaca
faço boca de siri

Me procurou tou aqui   (BIS)
pronto com meu bisturi.

Continua a movimentação, enquanto Vidigal segue, declamando.

VIDIGAL

Eu sou o Dr. Vidigal.
E um ofício divertido,
podem crer, senhores, esse
de ser doutor de bandido.
Se não me falha a memória,
se meu arquivo não mente,
de cento e vinte bicheiros
já extraí simplesmente
trezentas e sete balas,
o que dá a média incomum
de duas balas e alguns
estilhaços pra cada um.
É claro que Mirandão
e também o Brilhantina

*já superaram essa média
— tê-los aqui é rotina.
Mas nesse dia o destino
resolveu se divertir
e os dois foram parar,
sem que eu pudesse impedir,
na mesma casa de saúde.
Mirandão jorrando sangue
de um buraco na barriga
— era sensacional!
parecia um chafariz
em feriado nacional.
E o corpo de Brilhantina
era um ralador de coco
com vários furos a mais,
sem contar os naturais...*

Neste quadro o palco é dividido em três espaços cênicos que correspondem aos quartos de Mirandão e Brilhantina e ao saguão do hospital.

PEDROCA

(Entrando.) Comé, doutor, o homem escapa?

VIDIGAL

Ele não tinha o corpo fechado?...

PEDROCA

Tinha...

VIDIGAL

Não devem ter fechado tudo... Devem ter deixado algum buraquinho... *(Mostra a bala que extraiu.)*

PEDROCA

É a bala?

VIDIGAL

Não, é um caroço de azeitona. *(Solta uma gargalhada.)* Agora vamos ao outro.

PEDROCA

Que outro?

VIDIGAL

O que mandou a azeitona.

PEDROCA

O senhor vai operar também aquele sacana?!

VIDIGAL

Questão de ética, meu caro: puta e médico não podem escolher freguês.

(Canta, sempre contracenando com as enfermeiras que entram e saem, dentro da rotina profissional:)

Me procurou tou aqui,
pronto com meu bisturi.   (BIS)

Apagam-se as luzes do saguão e acendem-se as do quarto de Mirandão. Cida ao lado do leito.

PEDROCA

(Entra.) Como é que tá, chefe?

MIRANDÃO

(Para Pedroca.) Melhor. Qual foi o resultado de hoje?

PEDROCA

Cavalo na cabeça.

MIRANDÃO

Cavalo... São Jorge... tinha que ser.

PEDROCA

E tava muito carregado.

MIRANDÃO

Descarregaram?

PEDROCA

Você tava aqui assim... a turma resolveu sentar em cima. E entramos bem.

MIRANDÃO

Sabia... Não posso confiar em ninguém. Idiotas... descompetentes... *(Passa a mão no pescoço procurando o patuá.)* E o meu patuá? Até agora não devolveram o meu patuá.

CIDA

Já te disse, eles tiraram durante a operação. Eles tiram tudo.

MIRANDÃO

Mas eu fiquei desprotegido.

CIDA

Adiantou muito a proteção...

MIRANDÃO

Pedroca, chame Dr. Vidigal, pergunte pelo meu patuá.

PEDROCA

Pode deixar, chefe. Vou atrás dele agora mesmo.

Pedroca vai sair quando Marco entra.

MARCO

Desculpe... A enfermeira me disse que era aqui... Acho que errei a porta.

Sai.

CIDA

Não é o namorado de Taís?

PEDROCA

É aquele pilantra.

CIDA

Que está fazendo aqui?

PEDROCA

Era o que eu queria saber.

CIDA

Deve ter vindo se encontrar com ela.

Pedroca sai. Apagam-se as luzes.

Acendem-se as luzes do quarto de Brilhantina. Ele ainda está cheio de ataduras. Vidigal entra.

MARIVALDA

As minhas balas, doutor?

VIDIGAL

(Mostra as balas.) Aqui estão... uma, duas, três, quatro...

MARIVALDA

Até que são bonitinhas...

VIDIGAL

São lindas. A senhora pode fazer um colar.

MARIVALDA

Colar?... Talvez dando um banho de ouro... Será que fica bem?

VIDIGAL

Bastante original. Faltou apenas um estilhaço que se alojou no encéfalo. Deixei pra extrair depois.

MARIVALDA

Por quê?

VIDIGAL

Se tentar agora, ele não vai resistir.

MARIVALDA

E o senhor acha que ele pode viver assim, com uma bala na cabeça!

VIDIGAL

Ora, minha senhora, ele viveu até hoje com coisas muito piores dentro da cabeça...

BRILHANTINA

Ai, doutor...

VIDIGAL

Que foi?

BRILHANTINA

Tá doendo...

VIDIGAL

Deixa de frescura, Nicolino. Até parece que nunca levou uma bala na carcaça. Tá se portando como estreante.

BRILHANTINA

Não é medo, doutor. Não tenho medo de nada. Nem da morte.

VIDIGAL

Então pare de choramingar como mulher. Vou mandar a enfermeira lhe dar uma injeção. Você vai melhorar.

BRILHANTINA

É verdade que Mirandão tá aqui também?

VIDIGAL

É... Tá no mesmo andar.

BRILHANTINA

Foi o senhor também que operou?

VIDIGAL

Nessa guerra eu sou neutro.

BRILHANTINA

E como é que tá aquele porco?

VIDIGAL

A bala quase perfurou o intestino.

BRILHANTINA

(Sádico.) E dói?

VIDIGAL

Deve doer como o diabo. A enfermeira me disse que durante a noite ele chorava, uivava, xingava...

BRILHANTINA

(Não pode conter a satisfação, começa a rir e a gemer ao mesmo tempo.) Ai, doutor... não me faça rir... ai, a minha cabeça...

Vidigal faz coro nas risadas de Brilhantina e sai, cruzando com Marco que entra.

MARIVALDA

Pronto, seu filho chegou. Felizmente.

BRILHANTINA

Olá, filho.

MARCO

Oi, pai.

MARIVALDA

Agora Marquito fica com você, enquanto eu vou em casa.

BRILHANTINA

Por que essa pressa?

MARIVALDA

É que a vida não parou por sua causa, não é, Nicolino? Eu tenho que ir ao cabeleireiro, à manicure, ao massagista...

BRILHANTINA

Não pode ficar um dia sem fazer massagem?

MARIVALDA

Há três que não faço massagens, estou até engordando. Você é um egoísta, Nico, só pensa em si!

BRILHANTINA

Egoísta?! Eu tou com uma bala na cabeça, Marivalda!

MARIVALDA

E o que tem isso? O doutor disse que você pode viver muito bem com essa bala a vida toda. Tchau... tchau, Marquito. *(Sai.)*

MARCO

Tchau.

BRILHANTINA

Que há, filho? Você tá me olhando com ar de censura.

MARCO

Não, não vou te censurar. Estou é perplexo.

BRILHANTINA

Compreendo... Tu passou muito tempo fora... e agora chega aqui e encontra essa barra pesada... Deve estar um pouco assustado...

ENFERMEIRA

(Entra com uma seringa.) Tá na hora da injeção.

MARCO

Enfermeira, a senhora pode ficar cinco minutos com ele?

BRILHANTINA

Aonde é que você vai?

MARCO

Vou dar uma saidinha e já volto.

BRILHANTINA

Me faz um favor, então. Vai na farmácia e compra um frasco de água-de-colônia, a melhor que tiver. Eles aqui não me deixam tomar banho, isso tá me deixando muito deprimido.

MARCO

Tá legal. *(Sai.)*

A enfermeira aplica a injeção.

BRILHANTINA

Sabe quem é esse? Meu filho. Estudou Economia em Paris, na Sorbonne. É um tecnocrata.

Apagam-se as luzes.

Saguão do hospital. Marco e Taís se encontram.

TAÍS

(Surpresa.) Marco! Que está fazendo aqui?

MARCO

Vim ver meu pai que foi... acidentado.

TAÍS

O meu também.

MARCO

É, eu sei... Como é que ele tá?

TAÍS

Parece que tá fora de perigo. E o seu?

MARCO

Também... Isto é, parece que não de todo... ainda falta extrair uma bala.

TAÍS

Bala? O meu também foi baleado!

MARCO

(Ironizando.) Que coincidência, não é?...

TAÍS

É... Ambos baleados, e no mesmo hospital... Ou não é uma simples coincidência?

MARCO

Acho que não.

TAÍS

(Deduz.) Seu pai é...

MARCO

Nicolino Pagano.

TAÍS

Nico Brilhantina! Desculpe... é um apelido. Todos eles têm apelidos. O meu se chama Arlindo Miranda, mas tem um apelido muito engraçado: Mirandão Coração-de-Mãe. Bota ironia nisso... *(Ri. Pausa.)* Os dois se odeiam.

MARCO

Tou sabendo. Isso muda alguma coisa pra você?

TAÍS

Pra mim, não, não muda nada.

MARCO

Pra mim também não.

TAÍS

Aconteça o que acontecer?

MARCO

Aconteça o que acontecer.

TAÍS

Então, eles que se danem. Que continuem na deles. Nós vamos continuar na nossa.

Marco a toma nos braços e canta.

OS DOIS   *Danem-se*

TAÍS   *Os nomes*

MARCO   *Que nomes*

TAÍS   *As honras*

MARCO   *As posses*

TAÍS   *As poses*

MARCO   *A bênção*

TAÍS   *A crença*

MARCO   *A raça*

TAÍS   *O ramo*

MARCO   *O ranço*

TAÍS   *Rancores*

MARCO   *Furores*

TAÍS   *Vinganças*

OS DOIS   *Se danem as heranças*
E tudo o que está por trás
Serás o meu amor
Serás, amor, a minha paz.

PEDROCA

(Entra.) Olá.

TAÍS

(Teme que Pedroca descubra quem é Marco.) Ele veio... visitar papai.

Taís e Marco saem de mãos dadas, sob o olhar desconfiado de Pedroca.

Apagam-se as luzes.

Acendem-se as luzes do quarto de Mirandão.

MIRANDÃO

(Ao telefone.) Cachorro? Por que será que todo mundo hoje deu de jogar no cachorro? Será por causa do Brilhantina? Pode aceitar, eu banco. Claro, rapaz, se ele engoliu a lista, qualquer pule que aparecer a gente paga. Tem de confiar na palavra do apostador. Questão de honra. *(Desliga.)*

CIDA

(Entrando, preocupada.) Miranda... a polícia!

MIRANDÃO

Polícia?! Aqui?!

CIDA

O delegado Paixão!

DELEGADO

(Entra.) Bom dia, seu Miranda.

MIRANDÃO

Ah... Bom dia, doutor. Muito amável de sua parte vir me visitar...

DELEGADO

Como foi isso? Andou trocando uns tirinhos com o Brilhantina?

MIRANDÃO

Nada disso, Dr. Delegado. A gente tava conversando, coloquiando, como dois bons amigos... até que o revólver dele caiu no chão e disparou. Uma fatalidade acidental. Pergunte ao Brilhantina...

DELEGADO

Ele não está em condições de ser interrogado.

MIRANDÃO

(Não disfarça a sua satisfação.) Não tá em condições, é? Tá mal?

DELEGADO

Parece que sim.

MIRANDÃO

Será que morre?

DELEGADO

Está com um estilhaço de bala na cabeça difícil de ser extraído. Outra "fatalidade acidental"...

MIRANDÃO

Coitado... Olha, Cida, se ele morrer, eu quero que você encomende uma coroa, a maior que houver, a mais cara. Mande gravar na fita:

"Saudades do amigo do peito, Mirandão." Espero poder ir na missa de sétimo dia rezar pela alma dele, coitado, ele vai precisar muito... aquele filho da puta.

CIDA

Miranda!... Dá licença, doutor? *(Sai.)*

DELEGADO

Olha, se você não se cuidar, Mirandão, não vai mesmo poder ir em missa nenhuma...

MIRANDÃO

Por quê?

DELEGADO

Quero te dar um aviso... Tua situação não tá boa, não... Os homens lá de cima estão no teu piso, acharam muito rabo-de-palha...

MIRANDÃO

Que rabo-de-palha? Sou um comerciante honesto. Tudo que tenho posso provar que ganhei com as minhas lojas de eletrodomésticos. Minha escrita tá toda em dia. Ou será que querem me pegar de bode respiratório?

DELEGADO

Vai sair uma portaria mandando encanar você.

MIRANDÃO

Encanar? Tá brincando, Paixão...

DELEGADO

E eu não posso fazer nada. É ordem de cima. Do Secretário de Segurança. Vão endurecer. E você tá na alça de mira. Vão te mandar pra Ilha Grande.

MIRANDÃO

Mas por que isso?

DELEGADO

Operação Limpeza. Eles querem limpar a área pra depois implantar a Loteria Popular, a Zooteca.

MIRANDÃO

Zooteca?

DELEGADO

O bicho vai ser legalizado.

MIRANDÃO

Você acredita nisso?

DELEGADO

Já está tudo pronto, só esperando pelo decreto do Governo.

MIRANDÃO

Não acredito, a Igreja é contra. Não vai deixar! Deus e todos os santos estão do nosso lado!

DELEGADO

(Sorri.) Será que estão mesmo?...

MIRANDÃO

(Começa a cair na realidade.) Bom, você deve estar por dentro dessa transa... mesmo porque a polícia só tem a perder...

DELEGADO

Vim como amigo, pra te avisar. A zooteca vai liquidar com vocês.

MIRANDÃO

(Levanta-se do leito.) Mas isso... isso é uma grande sacanagem! Uma intervenção do Estado na iniciativa privada! Como democrata, como defensor da livre empresa, que é a base do capitalismo, eu não aceito!

Cida entra.

DELEGADO

Você aceite ou não aceite, a coisa vai ser feita.

CIDA

Miranda, que é isso?... Você não pode se levantar...

MIRANDÃO

(Procurando as roupas.) A zooteca!

CIDA

A zooteca?

MIRANDÃO

Vão implantar a zooteca! Veja minhas roupas, tenho que sair daqui, tomar um providenciamento!

Vidigal entra.

VIDIGAL

Ei, aonde é que você vai?

MIRANDÃO

Pra casa! A zooteca!

VIDIGAL

Zooteca?... Que tem a zooteca?!

MIRANDÃO

O Estado vai intervir no jogo do bicho! Precisamos levantar todas as reservas morais da nação contra isso!

VIDIGAL

Mas espera... eu ainda não posso te dar alta...

MIRANDÃO

Eu já me dei alta. Será que o senhor não entende? Se estatizam o bicho, estamos fodidos!

Mirandão sai. Cida e Dr. Vidigal atrás dele. Apagam-se as luzes do quarto de Mirandão.

Acendem-se as luzes do quarto de Brilhantina.

BRILHANTINA

(Levantando-se do leito.) A zooteca?!

VIDIGAL

Isso mesmo, a zooteca! Mirandão que falou! Vai sair o decreto!

BRILHANTINA

A zooteca?... Não é possível!

MARIVALDA

(Desligada.) Zooteca?... Que é zooteca?

BRILHANTINA

É uma desgraça! O fim de tudo! Tenho que sair daqui, me ajudem...

Manga Larga e Marivalda ajudam Brilhantina.

VIDIGAL, BRILHANTINA E MANGA LARGA

(Em coro.) A zooteca!

Apagam-se as luzes do quarto.

Acendem-se as luzes do saguão. Enfermeiras e enfermeiros se movimentam, numa coreografia que exprime a agitação provocada pela notícia. Surgem também tipos populares do Rio de Janeiro. A notícia tomou conta da cidade.

CORO

A zooteca
A zooteca
De boca em boca só se fala em zooteca
A zooteca
A zooteca
Essa fofoca inda vai dar muita meleca.

MIRANDÃO

Vou em Palácio
Vou em Congresso

Denunciar essa manobra subversiva
Estão querendo solapar os interesses da livre iniciativa.

CORO

É um absurdo
É um atentado

BRILHANTINA

Tem que salvar nosso ideal capitalista
Está na cara que a estatização do bicho é coisa de comunista.

CORO

Que será
Do meu pão
Do meu lar
E da nação
A zooteca
A zooteca
Essa fofoca inda vai dar muita meleca.

VIDIGAL

E os tiroteios
E a clientela
Eu tenho um enfarte, uma embolia, eu tenho um estresse
Acho que vou ser rebaixado a residente do INPS.

CORO

É um deboche
É uma piada

PEDROCA

O avestruz, a cobra, a vaca e o veado
Tudo que é bicho agora vai ser promovido a funcionário do Estado.

CORO

Que será
Do meu pão
Do meu lar
E da nação
A zooteca
A zooteca
De boca em boca só se fala em zooteca
A zooteca
A zooteca
Essa fofoca inda vai dar muita meleca.

MANGA LARGA E MARIVALDA

Pega o projeto
Joga no lixo
Nós não fizemos a revolução pra isso
Vamos marchar com Deus e com a família pela liberdade do bicho.

CORO

É o demônio
É o fim do mundo

MIRANDÃO

Mas se o governo autorizar esse vexame
Eu faço as malas, saco todo o meu dinheiro e vou morar em Miami.

CORO

*Que será
Do meu pão
Do meu lar
E da nação
A zooteca
A zooteca
De boca em boca só se fala em zooteca
A zooteca
A zooteca
Essa fofoca inda vai dar muita meleca
A zooteca
A zooteca
Inda vou ver muito banqueiro de cueca
A zooteca
A zooteca
Daqui pra frente vai ser ferro na boneca!*

Apagam-se as luzes.

NONO QUADRO

ONDE SE ROUBA UM POUCO DE SHAKESPEARE, QUE POR SUA VEZ ROUBOU MUITA GENTE

Luz sobre Pedroca.

PEDROCA

A situação era crítica
isso temos que admitir
mas ninguém imaginava
que o pior estava por vir:
na contagem regressiva
outra bomba ia explodir.
E essa justo debaixo
do rabo do Mirandão.
Considerando a zooteca
e toda aquela situação,
vocês têm de concordar,
era dose pra leão.

Acendem-se as luzes da casa de Mirandão.

MIRANDÃO

(*Possesso.*) Taís! Isso é verdade? Diga que não é verdade!
O silêncio de Taís é uma confirmação.

CIDA

Não é possível! Não acredito!

MIRANDÃO

Vê se te serve! Aquele pilantrinha que entra toda noite na minha casa e senta a bunda no meu sofá é filho de Nico Brilhantina!

CIDA

Minha filha, você sabia disso?

TAÍS

Não, nem eu nem ele. Só descobrimos no hospital.

MIRANDÃO

Pois então esqueça que ele existe.

TAÍS

E se eu não concordar?

MIRANDÃO

O problema não é de concordância nem desconcordância. Você é minha filha e é de menor. Tem que obedecer. Por bem ou por mal.

TAÍS

Que é que você vai fazer? Vai me trancar num quarto a pão e água? Isso não se usa mais.

CIDA

Miranda, era melhor que você procurasse explicar a situação. Ela talvez não entenda.

MIRANDÃO

Mas será o impossível, meu Deus? Como é que não entende? Ela não me viu no hospital com uma bala na barriga? E de quem era a bala? Do pai desse sem-vergonha! Tiro dado à traição, por baixo da mesa!

TAÍS

Você também deve ter dado outro nele.

MIRANDÃO

Eu, não. Tava desarmado.

TAÍS

Os seus capangas. O fato é que ele ainda está com uma bala na cabeça.

MIRANDÃO

E você inda defende aquele filho da puta!

CIDA

Calma, Miranda, calma.

MIRANDÃO

Como é que eu posso ter calma? Ela ainda acha que a razão tá com ele! A minha filha!

TAÍS

Não acho que a razão esteja com ninguém. Pra mim, tudo isso é lama. E nós, eu e Marco, não temos nada com isso. Estamos noutra, entende, velho? Completamente. *(Sai.)*

MIRANDÃO

Cida, você escutou?!

CIDA

Tenha paciência. Eles estão apaixonados um pelo outro.

Mirandão pega o telefone e começa a discar nervosamente.

MIRANDÃO

Apaixonados coisa nenhuma! Esse neto de uma boa senhora deve ter sido mandado aqui pelo filho da boa senhora. Brilhantina não conseguiu me liquidar, mandou o filho fazer mal a minha filha.

CIDA

Não acredito. É nojento demais.

MIRANDÃO

Ora, aquilo vive se perfumando pra disfarçar o mau cheiro que vem da alma. Alô? Donde fala? Me chame aí o Brilhantina.

As luzes se acendem no apartamento de Brilhantina.

MARIVALDA

(Ao telefone.) É para você, Nico.

Ela leva o telefone até Brilhantina, que está sentado numa poltrona, entre almofadas, com os pés dentro de uma bacia de água quente. Tem ainda uma atadura e um saco de gelo na cabeça. Marco, sentado, lê um livro.

BRILHANTINA

Alô?!

MIRANDÃO

Olha aqui, seu sujo, se você não quer que eu faça com teu filho o que já devia ter feito contigo, diga a ele que se afaste de minha filha.

BRILHANTINA

Quem é que tá falando?

MIRANDÃO

Você sabe, seu canalha! *(Desliga.)*

Apagam-se as luzes na casa de Mirandão.

BRILHANTINA

Alô? Alô?

MARIVALDA

Quem era?

BRILHANTINA

(Desliga, impressionado.) Mirandão. Disse pro meu filho se afastar da filha dele...

MARIVALDA

Marco tá namorando a filha do Mirandão?

BRILHANTINA

Filho... Me tranquiliza, me diz que isso é piada...

MARCO

Não é piada. A gente se conheceu e... tamos transando.

BRILHANTINA

Transando... *(Leva a mão à cabeça.)* Ai, a minha cabeça!

MARIVALDA

Tá falando sério? Sabe que Mirandão é o maior inimigo de teu pai?

MARCO

E daí?

BRILHANTINA

Daí que você é meu filho. Quem é inimigo de teu pai é teu inimigo também.

MARCO

Por quê?

BRILHANTINA

Deus do céu! Será que tu não entende? Porque tu tem o meu sangue, porra!

MARCO

Isso não tem a menor importância. Eu vou receber como herança os inimigos que você fez. Quero ter o direito de fazer os meus. Certo?

BRILHANTINA

(Levando as mãos à cabeça.) Marivalda, por Deus, liga pro consultório do Dr. Vidigal, pergunta se ele já saiu pra vir aqui...

Marivalda sai.

BRILHANTINA

(Procura controlar-se.) Escuta, filho, mete na tua cuca uma coisa: tem muita garota no mundo que não te serve, mas nenhuma serve menos que essa.

MARCO

Quem decide isso sou eu.

BRILHANTINA

Aí é que tu te engana. Antes de tu decidir, já tava decidido.

MARCO

Por quem? Por você?

BRILHANTINA

Não, pelo destino, pela sorte, pelo azar, sei lá... sei que a roleta rodou, a bolinha caiu num número: era ela. Tava proibida para ti. Entende?

MARCO

Essa explicação pode servir pra você. Não jogo e não aceito a vida como um jogo.

BRILHANTINA

Chegou a hora da gente botar as cartas na mesa.

MARCO

Então, vamos lá.

BRILHANTINA

Tu tem sorte, pôde estudar na Europa, mas teu pai comeu o pão que o diabo amassou. Quando eu era menino, me lembro que minha mãe me levava no depósito de lixo, em busca de restos de comida. E a gente tinha que brigar com os urubus... "Chô, urubu! Chô, urubu"... Um enxotava, o outro pegava um osso, um pé de galinha... Bom, tudo isso já vai longe e hoje eu posso te dizer com orgulho que tenho o bastante pra garantir o teu futuro e o futuro dos teus filhos. Mas é bom que tu saiba que a minha empresa, a Construtora Pagano, não é um negócio muito rendoso...

MARCO

Eu sei, é uma empresa só de fachada, pra esconder a sua verdadeira atividade como banqueiro de bicho.

BRILHANTINA

Não fale do bicho com esse desprezo, porque é a ele que tu deve o teu anel de doutor. E a posição que tenho hoje, como banqueiro de bicho, foi conquistada com sangue, suor e lágrimas.

MARCO

Tou ciente disso.

BRILHANTINA

Pois fique ciente também de que a hora não é boa para nós.

MARCO

O Governo tá querendo estatizar o bicho.

BRILHANTINA

O diabo da zooteca! E é numa hora dessas que tu me vem criar esse problema com a filha do Mirandão! Porra!

MARCO

Olha, velho, desde que cheguei que estou colhendo informações, investigando a fundo o seu negócio. Há muita coisa que ainda não entendo, há umas explicações que você vai ter de me dar, uns dados que preciso computar. E no fim, quando eu concluir o meu estudo, aí, sim, nós vamos ter uma conversa muito séria. Agora, não, ainda é muito cedo.

BRILHANTINA

Conversa... Sobre quê?

MARCO

Sobre tudo. *(Sai.)*

BRILHANTINA

(Fica preocupado.) Ei, espere... Que é que ele quis dizer? Tá colhendo informações... investigando... Será que ele vai querer me entregar?

Entra Dr. Vidigal.

VIDIGAL

Bom dia!

BRILHANTINA

Ah, doutor, inda bem que o senhor chegou.

VIDIGAL

Que é isso, Nicolino? Está parecendo uma velha, cheia de achaques...

BRILHANTINA

A cabeça, doutor... de vez em quando dá umas ferroadas... Acho que é a bala que tá querendo sair...

VIDIGAL

(Abrindo a maleta e tirando o aparelho de medir a pressão.) É possível. Ela fica procurando um buraco, não encontra, funde a tua cuca.

BRILHANTINA

Falando sério, doutor... O senhor não acha que há perigo de alterar qualquer coisa lá no cérebro? Posso ficar meio perturbado da ideia.

VIDIGAL

Perturbado ou inspirado. Com uma bala no cérebro, meu caro, cada ideia sua será um tiro. *(Solta uma gargalhada.)*

Apagam-se as luzes.

DÉCIMO QUADRO

OS BRUTOS TAMBÉM AMAM

Luz sobre Pedroca.

          PEDROCA *(Canta:)*

*Foi então que eu vi que a sorte
pendia para o meu lado,
que por obra do destino
afinal tinha pintado
a grande oportunidade
que eu sempre tinha sonhado.*

*Pois se um pilantra qualquer
só porque veio de Paris
pode ter a pretensão
de namorar a Taís,
por que não posso eu
sonhar fazê-la feliz?*

*Quando nos apaixonamos
Poça d'água é chafariz
Ao olhar o céu de Ramos
Veem-se as luzes de Paris*

No verão é uma delícia
Brisa fresca de Bangu
Mesmo o cabo de polícia
Só nos diz merci beaucoup

Eu ouço um samba de breque
Com o Maurice Chevalier
Bebo com Toulouse-Lautrec
No bar do Caxinguelê

Daí ninguém mais estranha
O Louvre na Praça Mauá
E o borbulhar de champanha
Num gole de guaraná

Cascadura é Rive Gauche
O mangue é o Champs-Élysées
Até mesmo um bate-coxa
Faz lembrar o pas de deux
Purê de batata-roxa
Parece marrom-glacê

Pedroca coloca um cravo na lapela do terno branco, ajeita a gravata. Acendem-se as luzes da casa de Mirandão.

MIRANDÃO

(Ao telefone.) Anacleto? Aqui é o Mirandão. Tou te telefonando pra te convidar pra uma reunião. Eu, você, Brilhantina, Salvador e Deixa-que--eu-chuto. Nós cinco precisamos nos reunir pra tratar desse assunto da zooteca. Só os cinco grandes, uma reunião de cúpula. Posso contar contigo? Ótimo. Então depois mando te avisar o dia, a hora e o lugar. Tchau.

(Desliga.)

Pedroca está diante dele.

MIRANDÃO

(Repara.) Mas o que há?... Todo na estica... Aonde vai? Vai à missa!

PEDROCA

Não... eu queria falar comigo. Assunto sério e reservoso.

MIRANDÃO

Não me vem de novo com a ideia de passar fogo no filho do Brilhantina. Eu sei que Taís anda se encontrando com ele às escondidas. Mas isso é assunto meu. É uma problemática particular.

PEDROCA

E se eu tivesse pra essa problemática... outra solucionática?

MIRANDÃO

Qual?

PEDROCA

(Hesita, acanhado.) É... é difícil paca... Sabe que eu sempre tive você como pai...

MIRANDÃO

E eu sempre te tratei como filho... ou como irmão mais moço.

PEDROCA

Pois é... por isso é que é difícil. Eu também vi Taisinha crescer... como se fosse minha irmãzinha. Certo? Vi ela enfeitar, botar corpo de moça e...

MIRANDÃO

(Já meio desconfiado.) E o quê, seu Pedroca?

PEDROCA

De repente, descobri que tava gostando dela.

MIRANDÃO

Gostando de que jeito? Como irmão?

PEDROCA

Aí é que tá... Não é como irmão. Pra ser sincero contigo... sabe, a filha do meu melhor amigo é coisa sagrada pra mim. Tanto que sentindo o que eu sinto por ela, sempre respeitei, como respeito a imagem duma santa. Mas agora eu vejo que... que preciso te dizer isso porque... eu podia te livrar dessa aporrinhação com o filho do Brilhantina.

MIRANDÃO

Livrar como, seu Pedroca?

PEDROCA

(Faz uma pausa, toma coragem.) Casando com ela.

MIRANDÃO

(Olha abismado para ele.) Será que eu entendi bem? Tu pedindo Taís em casamento?!

PEDROCA

É... quer dizer... eu ia ficar muito feliz. E isso resolvia o teu problema.

MIRANDÃO

(Reage violentamente.). Tu não te enxerga? Vai ali, te olha no espelho! Tu tem idade pra ser pai dela!

PEDROCA

Eu acho que ela precisa de um homem experiente...

MIRANDÃO

Mas não é do teu tipo de experiência. Não criei minha filha com tanto amor, tanto preparo, tanto cuidado, pra entregar depois a um monte de bosta como você!

PEDROCA

(Humilhado.) Também não precisa me humilhar desse jeito.

MIRANDÃO

É o que tu merece. Sai daqui! Some da minha frente! Some!

PEDROCA

(Leva a mão ao revólver num gesto quase instintivo.) Miranda, não se faz isso com um homem!

MIRANDÃO

(Percebe o gesto e mostra algum receio.) Pedroca... Pensa duas vezes antes de fazer besteira... Bota a cuca no lugar... Vê bem quem tá na tua frente! *(Por alguns segundos, Pedroca fita Mirandão com ódio. Mas este sustenta o olhar e a sua superioridade por fim prevalece. Pedroca deixa cair o braço, baixa a cabeça. Tira o lenço do bolso, leva aos olhos e seu corpanzil estremece num soluço.)*

MIRANDÃO

(Impressionado.) Pedroca... Que é isso?... Tá virando criança?...

Pedroca abraça Mirandão, esconde a cabeça no seu peito, soluçando como uma criança.

MIRANDÃO

Não faz isso... Não tem vergonha? Tamanho homem... Que vexame!

CIDA

(Fora. Grita.) Miranda! Miranda! (Entra, transtornada.) Miranda!

MIRANDÃO

Que foi, mulher?

CIDA

Taís!... Saiu de manhã cedo, não voltou... agora achei isto! (Mostra um bilhete. Mirandão lê).

CIDA

Estava em cima da cama dela!

Apagam-se as luzes.
Acendem-se as luzes do apartamento de Brilhantina.

BRILHANTINA

(Ainda sob o impacto da revelação que Manga Larga acaba de lhe fazer.) Onde foi que você viu eles?

MANGA LARGA

Aqui perto. Passaram por mim na moto, cada um levando uma mochila nas costas. Por isso desconfiei.

Apagam-se as luzes.
Acendem-se as luzes da casa de Mirandão.

MIRANDÃO

Ela fugiu com aquele pilantra!

PEDROCA

O filho do Brilhantina!

CIDA

Oh, meu Deus, por que ela fez isso? Por quê!?

Apagam-se as luzes.
Acendem-se as luzes do apartamento de Brilhantina.

BRILHANTINA

(Para Marivalda.) Você sabia disso?

MARIVALDA

Ia te dizer agora... Ia saindo pra ir ao massagista quando encontrei os dois.

SABONETE

Diabo, nem jogador de futebol faz tanta massagem!

MARIVALDA

Falei com Marquito, ele só disse: diga ao velho que desculpe fazer isso desse jeito, mas não tinha outro.

Apagam-se as luzes.
Acendem-se as luzes da casa de Mirandão.

MIRANDÃO

Isso é rapto! Ela foi raptada!

CIDA

Então é preciso avisar a polícia!

MIRANDÃO

Não, nada disso. Nada de meter polícia no meio. Esse é um assunto que a gente vai ter que resolver entre nós mesmos.

Apagam-se as luzes.
Acendem-se as luzes do apartamento de Brilhantina.

BRILHANTINA

Ele não disse pra onde ia?

MARIVALDA

Não...

BRILHANTINA

Mas a gente tem que descobrir! E chegar antes de Mirandão. Porque essa ele não vai perdoar!

MARIVALDA

Você acha que ele é capaz de matar Marquito?

BRILHANTINA

Você tem alguma dúvida?

Apagam-se as luzes.
Acendem-se as luzes da casa de Mirandão.

PEDROCA

Mirandão, me dá carta branca e eu vou buscar aqueles dois nem que seja no inferno, debaixo do penico de Satanás!

MIRANDÃO

É, agora eles botaram de lado, de vez, as regras do jogo. Vai valer tudo! *(Pega o telefone e disca.)* E esses sacanas não tinham outra hora pra fugir! Logo agora que tou com esse problema da zooteca!

Acendem-se as luzes do apartamento de Brilhantina. Campainha de telefone. Brilhantina atende. A cena agora se desenvolve simultaneamente nos dois cenários.

BRILHANTINA

Alô!

MIRANDÃO

Brilhantina? Tou vencendo o nojo que me causa ouvir a tua voz, pra te fazer um apelo. Não é uma ameaça, não, é um apelo de pai. Acho que tu sabe o que é ser pai, se teu filho não nasceu de chocadeira.

BRILHANTINA

Sei tanto quanto você.

MIRANDÃO

Então, se tu sabe onde se encontram aqueles dois sacanas, me diz. Eu prometo, dou minha palavra de honra que não toco num fio de cabelo de teu garoto. Só quero ir lá buscar minha filha.

BRILHANTINA

Se eu soubesse, já tinha ido. Ou você acha que eu tou de acordo? Mandei meu filho estudar na Europa pra quê? Pra se juntar com uma...

MIRANDÃO

Uma o quê, seu cachorro?!

BRILHANTINA

Meu filho tem credencial pra coisa melhor.

MIRANDÃO

Pois olha, Brilhantina, vou te dizer uma coisa: a partir de hoje, eu não posso mais responder por mim nem pela minha gente.

BRILHANTINA

Que é que tu quer dizer?

MIRANDÃO

Tu entendeu muito bem. Quem faz, paga. Não tem mais papo entre nós. *(Desliga.)*

PEDROCA

É isso aí: quem faz, paga. E ele vai pagar muito caro.

BRILHANTINA

A coisa agora engrossou.

MIRANDÃO E BRILHANTINA

Vamos partir pro pau!

DÉCIMO PRIMEIRO QUADRO

A GUERRA ZOOLÓGICA

Balé. Coreografia: as duas gangs, *chefiadas por Pedroca e Manga Larga, procuram o casal fugitivo. Todos empunham revólveres. As evoluções marcam a busca e o espírito belicoso de parte a parte.*

DÉCIMO SEGUNDO QUADRO

OS CINCO GRANDES

Luz sobre Pedroca.

PEDROCA

A situação era grave
a guerra era iminente
Mirandão então sugeriu
a convocação urgente
dos cinco grandes banqueiros
com o Brilhantina presente.

Em matéria de bicheiros,
o que estava ali era o fino.
Salvador, Deixa-que-eu-chuto,
Anacleto e Nicolino,
os reis do jogo do bicho
pra decidir seu destino.

O bicho estava ameaçado
de agora levar a breca,
não por culpa dos garotos,

*mas da grande meleca
que estava pra acontecer
com a criação da zooteca.*

Uma grande mesa, cercada por cinco cadeiras de espaldar alto. A mesa tem a forma de ferradura, com a abertura voltada para a plateia. Mirandão ocupa a cabeceira.

MIRANDÃO

Tá todo mundo? *(Confere.)* Seu Anacleto, seu Salvador, seu Deixa--que-eu-chuto...

SALVADOR

Falta o Brilhantina.

Brilhantina entra.

MIRANDÃO

A gente sempre espera pela pior figura...

BRILHANTINA

Bom dia, senhores. Desculpem o atraso. Culpa da minha manicure.

Vamos sentar.

Todos ocupam seus lugares.

MIRANDÃO

Esta reunião foi convocada botando de lado as divergências que cada um de nós tem com o outro, esquecendo o que cada um pensa do outro *(encara o Brilhantina)*, engolindo os palavrões que cada um tem vontade de dizer ao outro, porque a situação, a conjuntura nacional, exige de nós uma providência.

ANACLETO

Muito bem.

MIRANDÃO

Senhores, o jogo do bicho tá ameaçado de morte. Ou a gente se une num esforço nacional e patriótico e salva o bicho, ou vamos ser enterrados com ele. É bem verdade que não é só o bicho, é o mundo que tá em crise, o capitalismo, a nossa civilização cristã.

BRILHANTINA

Dá licença pra um aparte? O mais grave é que hoje os pais não tão mais ensinando os filhos a jogar no bicho.

MIRANDÃO

É, tão acabando com a tradição.

BRILHANTINA

E uma nação sem tradição não é uma nação.

SALVADOR

É isso aí.

BRILHANTINA

Outro problema sério é o nosso material humano, que tá cada vez pior.

DEIXA-QUE-EU-CHUTO

Falou...

BRILHANTINA

Gente sem vocação.

MIRANDÃO

Vocação sacerdotal. Mas isso é um problema de todas as religiões. Tamos vivendo num mundo onde cada vez há menos fé.

BRILHANTINA

Gente sem firmeza ideológica, que faz o bicho por fazer, que não tem aquela fibra, aquela consciência...

MIRANDÃO

Aquela ideologia.

BRILHANTINA

É isso aí: ideologia.

MIRANDÃO

Tudo isso é verdade. São problemas internos da nossa infraestrutura. O pior vem de fora. Como vocês todos já sabem, uma pedra de trezentas toneladas vai rolar em cima da gente: a zooteca. Amanhã, depois, quem sabe? Um dia desses a gente vai acordar e ler no jornal: o bicho foi legalizado. A Caixa Econômica Federal vai substituir a todos nós de agora em diante.

ANACLETO

E a polícia, não vai chiar? Eles vão perder essa boca-rica?...

SALVADOR

E a Igreja? Os padres? É contra a religião!

BRILHANTINA

Parece que a Igreja já concordou.

SALVADOR

Por isso é que eu sou ateu.

ANACLETO

Isso vai dar desemprego em massa!

MIRANDÃO

Não vai porque eles vão empregar todo o nosso pessoal.

DEIXA-QUE-EU-CHUTO

E nós?

MIRANDÃO

Nós... bem, se não for todo mundo pra Ilha Grande...

BRILHANTINA

Não, tou informado que querem aproveitar o nosso *know-how*.

MIRANDÃO

Mas vão dar o que a gente ganha?

BRILHANTINA

Isso de jeito nenhum.

MIRANDÃO

Vão dar uns trocados. Os 90 milhões que a gente arrecada por dia no Rio vão pra Caixa Econômica. E acabou-se o que era doce.

ANACLETO

Mas escuta, se eles vão pagar quatro mil pratas pelo milhar, a gente paga cinco e tudo bem.

MIRANDÃO

E a repressão? Se o Governo entra no negócio, não vai querer concorrente. E vai mandar baixar o pau. E os nossos amigos na polícia não vão poder fazer nada.

BRILHANTINA

É... vão desmantelar nosso esquema. Mas vamos fazer uma suposição. Suponhamos que a gente consiga resistir. É uma suposição...

MIRANDÃO

Gente, vamos deixar de supositórios. Estamos aqui pra tomar decisões concretas. Vamos ser concretistas.

ANACLETO

Que é que você propõe?

MIRANDÃO

Eu proponho duas medidas. Primeiramente, uma ação popular. Segundamente, uma passeata.

BRILHANTINA

Passeata? Nós? Tá maluco?

MIRANDÃO

Nós, não, claro. O povo, que com certeza tá do nosso lado. Se eu quiser, levanto o povo de Ramos e toda a Leopoldina. Faço uma marca das famílias com Deus pela liberdade do bicho!

BRILHANTINA

Acho essa ideia muito subversiva. E que diabo, nós somos gente de bem, corrupção sim, subversão não.

MIRANDÃO

Bem, é uma ideia. Quem tiver outra, que apresente. Temos é que decidir alguma coisa.

SALVADOR

Em primeiro lugar, é preciso a gente se unir e não ficar se estraçalhando.

ANACLETO

União nacional.

DEIXA-QUE-EU-CHUTO

É isso aí.

MIRANDÃO

Agora tem o seguinte: se a gente vai fazer uma união nacional pra enfrentar a situação, é preciso que as zonas de cada um sejam respeitadas.

BRILHANTINA

Esse assunto não tá na ordem do dia.

MIRANDÃO

É preciso que a filha da gente também seja respeitada.

BRILHANTINA

Isso não tá na pauta!

MIRANDÃO

Caguei pra pauta!

BRILHANTINA

A pauta foi aprovada pela maioria.

MIRANDÃO

E eu quero que a maioria se foda!

BRILHANTINA

Não pode. Tem que haver democracia.

MIRANDÃO

Pai de raptor de donzela não pode falar em democracia!

BRILHANTINA

Meu filho não raptou ninguém. Sua filha fugiu com ele porque quis.

MIRANDÃO

Que é que tu quer dizer, seu veado? Que minha filha é uma galinha?

BRILHANTINA

Prendesse ela no seu galinheiro que meu galo tava solto.

MIRANDÃO

Seu filho da puta!... *(Lança-se contra Brilhantina, mas é contido pelos outros.)*

SALVADOR

Calma, gente, calma!... Vamos esquecer esses problemas pessoais! Vamos pensar no nosso Brasil!

Subitamente, Brilhantina leva as mãos à cabeça, sentindo uma dor violentíssima. Solta um grito.

BRILHANTINA

(Fixa um ponto no espaço e aponta.) Chô! Chô! Chô, urubu!

(Persegue um hipotético urubu.)

MIRANDÃO

Urubu... onde é que ele tá vendo urubu?

BRILHANTINA

(Aponta para o alto.) Olha lá! Pedra nele! Pegou o pé de galinha! Pedra nele! *(Agarra-se a Mirandão.)* Depressa, mãe, ele vai fugindo com o nosso almoço!

MIRANDÃO

(Desvencilhando-se.) Sai pra lá. Sou lá sua mãe!

SALVADOR

Brilhantina! Que é isso?...

DEIXA-QUE-EU-CHUTO

Ele pirou!...

BRILHANTINA

Chô, urubu! Chô! Larga o pé de galinha, desgraçado! Corre atrás dele, mãe! Vocês aí, vê se me ajudam!

SALVADOR, ANACLETO E DEIXA-QUE-EU-CHUTO

Chô, urubu! Chô! Chô, urubu, chô!

Manga Larga entra, assustado.

MIRANDÃO

Ei, rapaz, corre, vai chamar Dr. Vidigal!

Apagam-se as luzes.

Com a cena às escuras, ouvem-se vozes: "Dr. Vidigal! Dr. Vidigal!" "Sala de cirurgia chamando com urgência Dr. Vidigal." Sirene de ambulância. Música.

VOZ DO LOCUTOR DE RÁDIO

Atenção, senhores ouvintes, atenção! Nicolino Pagano, que está internado no Hospital Getúlio Vargas em estado grave, faz um apelo dramático a seu filho Marco para que volte ao lar. Atenção, Marco, volte, atenda ao apelo de seu pai.

DÉCIMO TERCEIRO QUADRO

FUGA E TOCATA OU UMA PEQUENA PAUSA PARA FAZER AMOR

Marco e Taís, num ponto qualquer do tempo e do espaço, fazem amor. Estão deitados, despidos, mas imóveis.

TAÍS

A esta altura, eles já devem estar caçando a gente.

MARCO

Tá arrependida?

TAÍS

Nem um pouco. Só tenho medo...

MARCO

Que seu pai mande me matar?

TAÍS

Ele é meu pai, mas eu sei que é capaz disso. Conheço ele bem.

MARCO

Então a nossa única saída é aquela que eu te falei.

TAÍS

Aquela sua ideia...

MARCO

A gente entra na deles e eles entram na nossa. A gente não tem outra saída, nem eles. Por isso a nossa história vai terminar bem.

TAÍS

Você acha?

MARCO

Se Romeu e Julieta tivessem a mesma ideia, unindo Montecchio e Capuleto, não teriam o fim que tiveram.

Eles se beijam.

TAÍS *(Canta:)*

Amando noites afora
Fazendo a cama sobre os jornais
Um pouco jogados fora
Um pouco sábios demais
Esparramados no mundo
Molhamos o mundo
Com delícias
As nossas peles retintas de notícias

Amando noites a fio
Tramando coisas sobre os jornais

Fazendo entornar um rio
E arder os canaviais
das páginas flageladas
Sorrimos, mãos dadas e inocentes
Lavamos os nossos sexos nas enchentes

Amando noites a fundo
Tendo os jornais como cobertor
Podendo abalar o mundo
No embalo do nosso amor
No ardor de tantos abraços
Caíram palácios
Ruiu um império
Os nossos olhos vidrados de mistério.

DÉCIMO QUARTO QUADRO

A ESTRANHA METAMORFOSE OU SATANÁS VOLTA A SER ANJO

Apartamento de Brilhantina. Em cena, Marivalda, Manga Larga e Dr. Vidigal. Este acabou de chegar.

VIDIGAL

Mas o que é que ele tem? Estava tão bem quando teve alta...

MARIVALDA

Sei não, doutor... Acho que alguma coisa saiu errada na operação.

VIDIGAL

Nada saiu errado, foi uma cortesectomia perfeita.

MARIVALDA

Nicolino não é mais o mesmo. Depois que tirou aquela bala da cabeça, ele está cada vez mais esquisito.

VIDIGAL

Esquisito, como? Continua tendo alucinações, vendo urubus?

MANGA LARGA

Não, não é isso. Parece que a operação mexeu no miolo dele e mudou a química.

MARIVALDA

É bom que o senhor mesmo veja. É espantoso.

MANGA LARGA

O senhor vai cair duro.

VIDIGAL

Onde é que ele está?

MARIVALDA

Há mais de uma hora que tá trancado no escritório com o Marquito e a filha do Mirandão.

MANGA LARGA

Vê se te serve: a filha do Mirandão!

VIDIGAL

Os garotos voltaram?

MARIVALDA

Voltaram. A gente fez um apelo.

VIDIGAL

Eu sei, escutei pelo rádio.

MARIVALDA

Depois de duas semanas, eles voltaram.

Brilhantina entra com Marco e Taís. Tem nas mãos uma Bíblia.

BRILHANTINA

Mas é uma ideia maravilhosa, filho!

MARCO

Você sacou bem qual é a jogada?

BRILHANTINA

Saquei e tou de pleno acordo. Tenho certeza de que os outros banqueiros também vão aprovar.

TAÍS

Nós pretendemos ir agora falar com eles e depois com papai.

BRILHANTINA

Pois vão, vão e digam que já têm o meu oquei. *(Abraça paternalmente Marco e Taís.)* Que Deus e os anjos protejam vocês, meus filhos.

MARCO

Tchau, velho.

TAÍS

Tchau!

BRILHANTINA

E olhe, diga a seu pai que eu só tenho para ele pensamentos de amor e fraternidade. Dê um grande abraço nele por mim.

Saem Taís e Marco. Marivalda, Manga Larga e Dr. Vidigal presenciam a cena.

MANGA LARGA

Tá vendo, doutor? Mirandão manda bala nele e ele responde com amor e fraternidade!

BRILHANTINA

(Mostra a Bíblia.) Amigo Manga, Jesus, quando foi esbofeteado, ofereceu a outra face. Tá aqui, na Bíblia.

MANGA LARGA

(Espantadíssimo.) Bíblia? Que papo é esse Nicolino? Tu nunca foi de Bíblia!

BRILHANTINA

Me deram pra ler lá no hospital. É um livro maravilhoso. Aliás, amigo Manga, queria que você comprasse uma dúzia deles pra distribuir entre nossos irmãos. Afinal, somos uma irmandade. E todos precisam aprender a perdoar seus semelhantes. É ou não é, doutor?

VIDIGAL

(Também surpreso com a transformação operada em Brilhantina.) Claro... Claro...

BRILHANTINA

Mas o que houve? Chamaram o senhor? Eu estou ótimo.

VIDIGAL

Eu estou vendo. Vim só fazer uma visita de amigo.

MANGA LARGA

Escuta... e o pau lá com Mirandão, como é que fica?

BRILHANTINA

Mirandão é um infeliz. Nós temos que mostrar a ele o caminho da paz, do entendimento e da boa vontade.

MANGA LARGA

Mostrar o caminho da paz... quer dizer... liquidar.

BRILHANTINA

Não, nada disso. Mirandão é nosso irmão, Manga. Vamos fechar todos os pontos que abrimos na zona dele.

MANGA LARGA

Fechar? Os pontos que a gente abriu com tanto sacrifício?! Pensa bem, Brilhantina, muita gente deu seu sangue, sua vida por esses pontos!

BRILHANTINA

Mas foi por causa disso que Mirandão abriu luta contra nós. E eu quero viver em harmonia com Mirandão e com todo mundo. Chega de briga, chega de mortes. Por que é que a gente não pode viver como irmãos, na santa paz de Nosso Senhor Jesus Cristo?

MANGA LARGA

(Olha para Vidigal, duramente.) O senhor é o culpado disso!

VIDIGAL

Culpado de quê?

MANGA LARGA

Foi o senhor que mexeu na cabeça dele. E ele tá pinel.

BRILHANTINA

Ao contrário, agora é que eu sei o que tou fazendo. Antes, eu não sabia. O nosso negócio, meu irmão, faz a felicidade de uma porção de pessoas, diariamente. É um trabalho que Deus deve aprovar, esse de espalhar a felicidade. Por isso, vamos continuar com o bicho, vamos continuar pagando quatro mil contos por cruzeiro apostado no milhar e seiscentos pela centena. Isso é distribuir riqueza, é combater a miséria, uma missão social e abençoada por Nosso Senhor. Mas tudo em paz, tudo de mãos dadas, com amor, e não com ódio.

MANGA LARGA

(Inconformado.) Essa, não! Para mim, chega! *(Sai.)*

BRILHANTINA

Manga, vem cá... Acho que ele não entendeu...

VIDIGAL

É, acho que não.

BRILHANTINA

É um ótimo rapaz... mas um pouco ignorante demais, custa a entender as coisas. Dá licença um minuto, doutor, são quase seis horas, vou rezar as Ave-marias. *(Sai, cantando.)*
Ave Maria
gracia plena...

MARIVALDA

Como é que o senhor explica isso? Ele mudou, é outro homem. Vive rezando e distribuindo esmolas.

VIDIGAL

E... impressionante. É como se Satanás, arrependido, voltasse a ser anjo. Bem, tenho que cuidar da minha clientela. Sabe que hoje tem uma passeata?

MARIVALDA

Passeata? E já pode fazer passeata?

VIDIGAL

Pelos direitos do homem, parece que não, mas pelos direitos do bicho, parece que pode.

(Apagam-se as luzes.)

DÉCIMO QUINTO QUADRO

A MARCHA COM DEUS E A FAMÍLIA PELA LIBERDADE DO BICHO

Balé. Com máscaras dos 25 bichos, os bailarinos marcham, portando cartazes que dizem: estou com o cavalo e não abro — liberdade para a borboleta — abertura para o veado — bicho amplo e irrestrito — viva a iniciativa privada — abaixo os bichocratas — "animals lib" — o bicho é do povo como o céu é do avestruz — arena livre para o touro — o macaco tá certo — etc.

TODOS *(Cantam:)*

Abaixo a zooteca
Abaixo a zooteca   (BIS)

O povo democrata
Não quer burocracia
Levanta a pata
Da nossa bicharia

O bicho organizado
É pura bandalheira
Bicheiro, togado,
Merece usar coleira

O bicho de estatizado
É coisa de cartola
Ministro de estado
Direto pra gaiola

O bicho de estado
jamais será jogado
O bicho polido
Jamais será curtido
O bicho legal
Jamais será legal

Abaixo a zooteca
Abaixo a zooteca

O povo patriota
Não quer mais quartelada
Levanta a bota
Da nossa bicharada

O Estado já tá rico
E o povo tá na lona
Não mete o bico
Aqui na nossa zona

O bicho engravatado
É safadeza pura
O bicho bichado
Derruba a ditadura.

Abaixo a zooteca
Abaixo a zooteca

DÉCIMO SEXTO QUADRO

O CARTEL ZOOLÓGICO

Casa de Mirandão. Marco e Taís, de mãos dadas, ele com uma pasta, esperam, tensos.

TAÍS

Tá nervoso?

MARCO

Um pouco só. Mas tudo bem... Vamos enfrentar a fera.

CIDA

(Entrando.) Taís! Minha filha! *(Caem nos braços uma da outra.)* Miranda! Venha ver, Taís voltou! *(Repara em Marco.)* Mas voltou com ele!...

MARCO

Como vai a senhora?

CIDA

(Preocupada.) Por Deus, vá embora antes que meu marido veja!

MARCO

Mas eu quero mesmo que ele me veja. Estou aqui pra falar com ele.

TAÍS

É, mãe, nós queremos levar um papo com o velho.

MIRANDÃO

(Entrando.) Taís!

TAÍS

Oi, pai.

MIRANDÃO

(Vendo Marco.) Mas o que é isso?... Tu tem coragem de me aparecer com esse... rua! Rua, seu sacana, antes que eu te dê um tiro nos cornos!

TAÍS

(Abraça Marco.) Se atirar nele, vai ter que atirar em mim também!

CIDA

Calma, Miranda, calma!

MIRANDÃO

Mas é muita topetice! Depois de cobrir a gente de vergonha, inda tem a audácia de voltar abraçada com esse pilantra. E você quer que eu engula isso?

CIDA

Miranda, vamos deixar isso pra depois... o que importa é que ela voltou!

MIRANDÃO

Não, é preciso que ela ouça já umas verdades.

TAÍS

As suas verdades não são as minhas, pai.

MIRANDÃO

A verdade é uma só, como a decência das pessoas também. Tu foi educada dentro da moral cristã e a moral cristã também é uma só, não tem duas. Tem que haver respeito pelos pais e respeito pela família.

TAÍS

Pai, eu e Marco estamos aqui pra te falar de negócios. E, se você não quiser ouvir, vai também botar pela porta afora a sua salvação.

MIRANDÃO

E eu tou lá precisando de salvação? Quem tá precisando disso é o bosta do pai dele, que vive de vela na mão!

MARCO

Ele, o senhor e todos os banqueiros de bicho. Estão todos a um passo do fim. E eu trago nesta pasta a fórmula para salvar vocês.

TAÍS

É uma ideia que ele teve, pai. Marco estudou o jogo do bicho e com os conhecimentos que ele tem bolou um projeto genial.

MARCO

Já expus minha ideia a meu pai, ao Anacleto, ao Salvador e ao Deixa--que-eu-chuto. Todos acharam sensacional.

MIRANDÃO

Então você já falou com todos os grandes banqueiros...

MARCO

Só falta o senhor, que deixei pro fim, por ser o maior de todos. Se o senhor aprovar, o bicho está salvo e vai crescer como ninguém jamais imaginou.

TAÍS

Pai, deixe ele falar.

CIDA

Miranda, você não anda tão preocupado com a zooteca?...

TAÍS

Marco tem uma fórmula pra enfrentar a zooteca!

MIRANDÃO

(Impressionado.) Bom, então... vão vocês lá pra dentro, quero conversar a sós com ele. Isso é conversa de homem.

TAÍS

Não, eu quero ficar.

CIDA

Então, fique. Eu acho bom. *(Sai.)*

MARCO

Talvez o senhor não saiba... Passei dez anos na Europa estudando. Tenho curso de Economia.

MIRANDÃO

Não precisa jogar na cara seu anel de doutor. Pra mim, isso é merda.

MARCO

Só estou dizendo isso pra que o senhor saiba que eu não sou um amador. Fiz um estudo de todo o mecanismo do jogo do bicho. É um mecanismo obsoleto, não tem a menor condição de sobreviver à concorrência da zooteca. A não ser que se modernize, que use a tecnologia e os métodos modernos de organização de empresa.

MIRANDÃO

(Resistindo ainda.) Bobagem, bobagice... De que jeito? Tem graça... Tou nisso há quase 50 anos e vem você agora cagar regra...

TAÍS

Deixe ele explicar.

MARCO

Proponho a criação de um grande cartel.

MIRANDÃO

Cartel?

MARCO

Um sindicato de empresas do mesmo ramo, todas autônomas, mas unificadas, modernamente organizadas, para impor o seu preço e as suas regras de jogo. Como os grandes cartéis internacionais.

MIRANDÃO

Vamos devagar... Troca isso em miúdos. Como é que isso funciona?

MARCO

De maneira muito simples. Duas ou três grandes empresas concorrentes se unem, firmam um acordo para explorar determinado negócio. Ficam assim superfortes e podem eliminar todas as outras empresas concorrentes que não façam parte do acordo.

MIRANDÃO

Eliminar... De que jeito?

MARCO

De todos os jeitos. Pela intimidação, pelo suborno, pela política de baixos preços, pela sabotagem e até mesmo... por meios mais violentos. Dominando um mercado, o cartel pode então partir para outro.

MIRANDÃO

Que outro?

MARCO

Em outro país. Aí novas empresas entram no acordo e as que não entram são eliminadas.

MIRANDÃO

(Impressionado.) Mas isso não dá cadeia?

MARCO

Parece que não, porque esses cartéis dominam hoje quase todos os setores do comércio e da indústria, em todo o mundo capitalista. Se você e *Brilhantina,* em vez de viverem se digladiando, se unissem formando um cartel, o jogo do bicho não só seria invencível nacionalmente, como acabaria transpondo as fronteiras do país e dominando o mundo.

MIRANDÃO

(Começa a se entusiasmar.) Menino, sabe que você enxerga longe? Nem parece filho do caolho do teu pai.

MARCO

(Abre a pasta.) Vou lhe mostrar todo o meu plano...

MIRANDÃO

Você acha então que assim a gente pode resistir à zooteca?

MARCO

Não tenho a menor dúvida. O cartel é a solução.

TAÍS

E depois a exportação do bicho, a multinacional!

MARCO

É o caminho.

MIRANDÃO

Mas eu tenho que ser o presidente.

MARCO

Bem, tem que haver uma eleição. Eleição indireta, claro... O senhor ganha fácil.

MIRANDÃO

O diabo é que além da zooteca eu tenho um pequeno problema. Recebi um aviso, estão querendo me encanar.

MARCO

Vamos convocar uma reunião dos grandes banqueiros e resolver esse e todos os problemas. Se o senhor precisar sumir por uns tempos, instalamos a nossa matriz em Nova Iorque.

MIRANDÃO

Sabe que você me deu uma ideia? Uma grande ideia!

DÉCIMO SÉTIMO QUADRO

A DIVISÃO DO MUNDO

MARCO *(Canta:)*

Como todo cartel que se preza, meu bem,
Nossa sede será na Metrópole
Pra montar sucursais
Nas demais capitais
Espalhando a justiça social.

TAÍS

Como todo patrão que se preza, papai,
Você vai morar longe do trópico
Divulgando em inglês,
Alemão, polonês,
Nosso jogo na aldeia global.

MARCO, TAÍS E MIRANDÃO

Do Caribe ao Rio da Prata
Desde o Congo a Hong Kong
Mão de obra mais barata

Para o bicho prosperar.
Monto banca em Sri Lanka
Fundo loja no Camboja
Abro um ponto em cada esquina
Lá da China Popular.

Acendem-se as luzes na mesa dos cinco grandes. Mirandão, Brilhantina, Salvador, Anacleto e Deixa-que-eu-chuto sentados. Marco e Taís de pé.

BRILHANTINA

(Levanta a mão.) Aprovado!

SALVADOR

(Idem.) Aprovado!

ANACLETO

(Idem.) Aprovado!

DEIXA-QUE-EU-CHUTO

(Idem.) Aprovado!

MIRANDÃO

Então tá aprovado por unanimidade absoluta este primeiro documento, que é o nosso Draft Memorandum of Principles. *(Pronuncia errado e olha para Marco.)*

MARCO

(Corrige.) Draft Memorandum of Principles, memorando de princípios.

MIRANDÃO

Vamos agora pôr em votação o segundo documento, que é o nosso *(Lê no frontispício do documento que Taís lhe apresenta.)* Home Market Protection Agreement...

MARCO

(Pronuncia corretamente.) Home Market Protection Agreement. Este é o documento que divide as áreas de atuação fora do Brasil.

Desce um grande mapa-múndi.

MIRANDÃO

(Aponta o mapa.) Eu fico com as Américas do Norte, do Sul e Central. O Brilhantina fica com a Europa. Seu Anacleto fica com a Ásia, seu Salvador fica com a África e seu Deixa-que-eu-chuto fica com a Oceania. Todo mundo de acordo?

TODOS

De acordo.

MIRANDÃO

(Lendo.) Fica estabelecido que, se amanhã houver condição de exportar o bicho pra outros planetas ou estações orbitais, um novo acordo terá que ser firmado.

MARCO

Um *Special Agreement.*

MIRANDÃO

E já que tá tudo acertado, no geral e no particular, peço que cada um bote seu jamegão nos dois documentos. Como presidente eleito da

International Animal Game Corporation, vou assinar primeiro. *(Assina.)* Agora seu Nicolino Pagano, como vice-presidente.

Brilhantina assina. Marco e Taís levam os documentos para os outros assinarem.

BRILHANTINA

Que Deus Nosso Senhor abençoe nossa organização.

TODOS

Amém. *(Fazem o sinal da cruz.)*

BRILHANTINA

Que ela espalhe pelo mundo a felicidade que sempre espalho entre o povo desta terra.

Brilhantina e Mirandão apertam-se as mãos, enquanto os outros aplaudem.

MIRANDÃO

Bem, pessoal, vou encerrar aqui esta reunião porque hoje é domingo de Carnaval e eu sei que cada um tem que ir correndo pra quadra de sua Escola. No bicho, estamos unidos, mas no samba, cada um por si.

Apagam-se as luzes.

DÉCIMO OITAVO QUADRO

SAMBA NO PÉ E SANGUE NA QUADRA OU O GRANDE GOLPE FINAL

Quadra da Escola de Samba. Os últimos passistas, retardatários, deixam a quadra, rumo à Avenida, para o desfile. É domingo de Carnaval. Mirandão entra e comanda. Os passistas se movimentam no ritmo marcado pela bateria cantando o samba-enredo.

MIRANDÃO

Vamos lá, minha gente! Mais ligeireza nisso! O desfile tá marcado pras 4 horas da madrugada, mas quero todo mundo na Candelária às três. A Escola não pode perder pontos.

Manga Larga, fantasiado, com rosto pintado, se mistura entre os passistas e vai se aproximando de Mirandão durante as evoluções.

MIRANDÃO

(Dirige-se a uma pastora.) Você aí, que é que inda tá fazendo aqui? Sua ala já tá lá na rua... Vamos... como presidente, baixo decreto: este ano tem que dar nossa Escola na cabeça! Todo mundo levando o samba no pé... repara na harmonia... Cuidado pra não atravessar! Porta-bandeira, Mestre-sala... Quero dez em todos os quesitos. E cuidado com as alegorias... Paguei tudo do meu bolso. Amor, muito amor nessa briga!

Os passistas evoluem e vão saindo, enquanto Manga Larga se aproxima e se posta diante de Mirandão.

MIRANDÃO

Você... que é que quer?

MANGA LARGA

Só lhe dar uma palavrinha, seu Mirandão...

MIRANDÃO

Agora não tenho tempo. Não vê que tenho de botar a Escola na Avenida?

Mirandão inicia a saída, mas Manga Larga barra-lhe a passagem.

MANGA LARGA

É uma palavrinha só, seu Mirandão... *(Rápido, saca do revólver e atira à queima-roupa.)* Taí a palavrinha... *(Dá outro tiro.)* E o ponto final. *(Mirandão leva as mãos à barriga, os olhos saltam das órbitas. Ele dá alguns passos e cai. Manga Larga foge, enquanto os passistas que escutaram os tiros voltam, assustados.)*

UM PASSISTA

(Grita.) Mataram Mirandão!

OUTRO

(Mais afastado.) Mataram Mirandão!

TERCEIRO

Mataram nosso presidente!

PEDROCA

(Entra correndo, empurrando todo mundo.) Mirandão... Quem fez isso?

MIRANDÃO

Não vi a cara do filho da puta...

PEDROCA

(Grita.) Chamem o Dr. Vidigal! Depressa!

Um sambista sai correndo.

MIRANDÃO

Por que é que vocês tão me olhando com essa cara de besta? Todo mundo pra Avenida...

PEDROCA

Não era melhor suspender o desfile da Escola?

MIRANDÃO

Suspender? Você tá louco? *(Tem um desfalecimento e Pedroca ampara-o.)*

PEDROCA

Chefe!

MIRANDÃO

Pedroca...

PEDROCA

Fala, meu pai.

MIRANDÃO

Se eu morrer... quero no meu enterro a Escola fantasiada. Não esqueça também de mandar cotar... o milhar da minha sepultura. Com certeza esses putos vão carregar nele...
(*Morre.*)

Pedroca vê que ele morreu, deita seu corpo no chão, cruza as mãos sobre o peito. Os passistas evoluem em torno do corpo. Ao som do surdo, também lento, cadenciado. Quatro deles carregam o corpo de Mirandão e saem com ele, cantando o mesmo samba do início.

PEDROCA

Ele disse pra Escola caprichar
no desfile da noite de domingo
Com ginga, com fé
Pediu muita cadeira a requebrar
Muita boca com dente pra caramba
E samba no pé
De repente o pandeiro atravessou
De repente a cuíca emudeceu
De repente o passista tropeçou
E a cabrocha gritou que o nosso rei morreu.

TODOS

Viva o rei de Ramos
Que nós veneramos
Que nós não cansamos de cantar, etc.

Saem todos de cena, Pedroca fica sozinho.

PEDROCA

*E foi assim que morreu
o nosso pai Mirandão.
Desde o saudoso Natal
não se via tal multidão
mais de trinta mil pessoas
acompanharam o caixão.*

*Cemitério do Caju,
sepultura mil e vinte,
número que os presentes
anotaram sem acinte,
milhar que deu na cabeça
logo no dia seguinte.*

*Pior é que eu perdi Taís
pr'aquele grande finório
do Marquito Brilhantina.
E assim este relatório
devia terminar. Mas, calma,
vamos voltar ao velório.*

Entra o funeral. Nas primeiras alças do caixão, o delegado e Brilhantina; nas outras, Salvador, Anacleto, Deixa-que-eu-chuto e Dr. Vidigal. Mais atrás, Cida, toda de preto, Taís e Marco abraçados; Marivalda, Manga Larga e os sambistas, ainda fantasiados. O caixão é depositado no centro da quadra. Um **cameraman** *filma*, fotógrafos batem flashes.

CIDA

Foi um bom homem... Bom marido, bom pai.

SALVADOR

Vivia ajudando todo mundo.

DEIXA-QUE-EU-CHUTO

Amparava as viúvas.

ANACLETO

Adorava as criancinhas.

MULHER

Quem vai agora pagar seus caixões de anjinhos?

VIDIGAL

Perdi meu melhor cliente.

BRILHANTINA

Vai pro céu. Era um santo.

DELEGADO

(Dirigindo-se a Cida.) Minha senhora, mais uma vez meus pêsames.

CIDA

Obrigada.

DELEGADO

Infelizmente, não vou poder ficar para o velório. Vocês entendem... isso ia me comprometer...

PEDROCA

Claro... a gente entende...

DELEGADO

Só o que eu posso dizer é que ele morreu na hora certa. Tenho aqui no bolso uma ordem de prisão contra ele.

PEDROCA

Agora, Delegado, só se o senhor mandar uma precatória pro outro mundo.

DELEGADO

Aliás, ele sempre foi um mestre na arte de escapar da polícia.

Delegado sai. Pedroca, que o acompanhou até a saída, volta. Há uma pausa. Súbito, a tampa do caixão começa a abrir-se lentamente.

MARIVALDA

(Vê e abafa um grito.) Nico!

BRILHANTINA

Que foi, mulher?

MARIVALDA

Olha!...

BRILHANTINA

(Vê e faz sinal pra ela se calar.) Se segura, mulher... guenta as pontas...

MIRANDÃO

(Põe a cabeça de fora do caixão.) Pedroca... vê se eu já posso sair desse pijama de madeira...

PEDROCA

(Olha em volta.) Acho que pode... A polícia e a imprensa já se mandaram... tamos entre amigos.

Mirandão levanta-se do caixão. Com exceção dos bicheiros, Cida, Marco, Taís, Vidigal e Marivalda, todos se assustam e correm, gritando.

MIRANDÃO

Por que esse escândalo? Vocês não avisaram a eles?...

PEDROCA

Tem muita gente que não sabe...

MARIVALDA

(Agarrada ao braço de Manga Larga.) Ele não tá morto?!

MANGA LARGA

Nada, foi só um golpe, pra ele escapar da Polícia. Atirei nele com bala de festim.

VIDIGAL

Eu não sei de nada, não vi nada, assinei o atestado de óbito, pra mim ele está morto.

CIDA

(Abraça Mirandão.) Meu querido! Eu estava tão impressionada vendo você dentro daquele caixão. Parecia que você nunca mais ia levantar dali!

MIRANDÃO

Mas levantei e esta noite mesmo nós levantamos voo para os Estados Unidos. Amanhã estou em Nova Iorque e de lá vou presidir à nossa nova organização, a *International Animal Game Corporation*.

BRILHANTINA

A multinacional do bicho!

MIRANDÃO

Vamos faturar em bichodólares. Pedroca, você que vai assumir meu posto aqui em Ramos, providencia o leite de onça pra brindar o nosso grande cartel zoológico.

BRILHANTINA

Ideia de meu filho!

MIRANDÃO

Menino inteligente... não saiu nada ao pai. Vai ser nosso homem em Paris. Depois de casar, evidentemente.

MARCO

(Para Taís.) Eu não te disse que a nossa história ia acabar bem?

TAÍS

É, ser bicheiro em Paris é outra coisa... tem um certo *status*...

Eles se abraçam e se beijam, enquanto todos confraternizam.

UM PASSISTA

Pessoal! Mirandão ressuscitou!

OUTRO

Mirandão tá vivo, gente!

TERCEIRO

Mirandão não morreu!

Os passistas entram, alegres, cercam Mirandão.

VOZES

Tá vivo!... Tá vivo mesmo!... Tem o corpo fechado... É um milagre!

MIRANDÃO

(Erguendo o copo.) Ao nosso cartel!

TODOS

Ao cartel!

TAÍS *(Canta:)*

Como todo cartel que se preza, meu bem
Seguiremos as normas da ética
Muito acima das leis
Muito acima dos reis
Muito acima do bem e do mal.

MARCO

Como todo cartel, meu bem,
Toda a evolução cibernética
Emitindo sinais
Computando animais
Num satélite artificial.

TODOS

Doravante, gente fina,
Nosso jogo tá por cima
Temos a matéria-prima
Genuína, nacional
Temos mais experiência
A ciência e o cacete
A malícia, o macete
Cassetete e capital.

Vamos impor!
Financiar!
Exigir!
Subornar!
Influir!
Governar!
Eleger!
Derrubar!

E convém zonear o planeta, meu bem,
Pra melhor repartir nossos **royalties**
Toma Chile e Uruguai
Eu controlo o Sinai
E de quebra te arrendo o Gabão

E nós vamos além
Vamos faturar bem
Vamos faturar em bichodólares
Vamos viver em paz
Ninguém passa pra trás
Um parceiro que é mais um irmão.

No futuro, que tristeza
Se a empresa der um furo

Nós venderemos em dois meses
Por dez vezes o valor venal

Viva o holding!
Viva o dumping!
Viva o truste!
Viva o lucro!

Viva o luxo!
Viva o bicho!   (BIS)
Multinacional!
Viva o bucho!
Viva o lixo!
Multinacional!

O REI DE RAMOS

Foi apresentado pela primeira vez no dia 11 de março de 1979, inaugurando o novo TEATRO JOÃO CAETANO, no Rio de Janeiro, com os seguintes intérpretes:

Paulo Gracindo	Mirandão
Felipe Carone	Brilhantina
Carlos Kopa	Pedroca
Marília Barbosa	Taís
Márcio Augusto	Marco
Roberto Azevedo	Dr. Vidigal
Solange França	Cida
Carlos Accioly	Manga Larga
Leina Krespi	Marivalda
Jorge Chaia	Delegado Paixão
Abdalla	Boca-de-Alpercata
Renato Castelo	Ronaldo
Armando Garcia	Anacleto
Deoclides Gouveia	Salvador
Antonio Sasso	Deixa-que-eu-chuto
Humberto Alonso	Padre e Garçom

Bailarinos: Cecília Salazar, Cecília Badassi, Cláudia Martins, Cláudia Toller, Eliane Maia, Marilena Bibas, Mônica Torres, Rita dos Santos,

Abdalla, Ângelo de Mattos, Cláudio Baltar, Claudionor Bueno, Mário Maia, Renato Castelo, Ricardo Bandeira e Ricardo Leitner.

Músicos: Victor Biglione, Omar Pacheco, Joca Moraes, Zé Nogueira, Gustavo, Márcio, Brito, Oto, Café. Regência e Piano: Paulo Sauer.

Direção musical de FRANCIS HIME
Produção executiva de PICHIM PLÁ
Cenários de GIANNI RATTO
Figurinos de KALMA MURTINHO
Coreografia de FERNANDO AZEVEDO

Direção de FLÁVIO RANGEL

Produção de SÉRGIO BRITO PRODUÇÕES ARTÍSTICAS LTDA.

Este livro foi composto na tipografia Minion Pro,
em corpo 10/16, e impresso em papel off-white
no Sistema Digital Instant Duplex da
Divisão Gráfica da Distribuidora Record.